초승달과
밤배

| 정채봉 성장 소설 |

2

샘터

| 차례 |

철공소와 선구상　···9

얼음 밑으로 흐르는 강　···18

엽록이 비치는 1월의 가슴　···25

새벽바람을 맞는 사람들　···32

종이여, 울려라　···39

불 나간 가로등　···46

열여덟 살의 시　···57

별 하나와 여선생님　···63

쑥갓과 엉겅퀴　···71

아버지, 안녕　···79

도망과 출발　···90

골목 안 불빛　···104

서울 탐험　···114

서울의 희미한 별들 · · · 120

눈물에 속지 않는다 · · · 127

겨울 들녘에 서서 · · · 131

가슴속의 밀실 · · · 137

하느님과 돈 · · · 143

한 줄기 핏자국 · · · 149

바람 이는 저녁 · · · 155

현재 진행형 · · · 167

생쥐와 뒤주 · · · 175

바람 속에서 · · · 182

산토끼 길들이기 · · · 188

바람이 걸린 덫 · · · 193

창, 이쪽과 저쪽 · · · 198

현재 완료형 · · · 204

바람이여, 바람이여 · · · 210

지평선과 수평선 · · · 218

질경이 꽃 지다 · · · 222

뻘 밭에서 · · · 235

또 하나의 초승달과 밤배 · · · 250

작가 연보 · · · 259

## 철공소와 선구상

신문 배달을 그만둔 후 붙박이 일자리를 서둘러 찾기 시작했으나, 친척이나 연고가 뚜렷하게 없는 여수이고 보니 난나는 마음만 급할 뿐이었다. 하는 일 없이 방 안에서 빈둥대거나, 찐 고구마 같은 것을 싸들고 무작정 교외로 나갔다. '빈둥대거나', '무작정'이라는 표현을 썼지만, 난나는 자신과 주변에 관해서 특히 아버지의 행방불명에 관해서 골똘하게 생각하게 되었고, 1만 단어의 영어 단어집을 통째로 외워 버릴 끔찍한 시도를 하기도 했다.

난나는 봄이 되자 교외로 나가는 것이 대부분의 일과가 되었다. 영어 단어집과 소설 한 권 그리고 고구마 몇 개를 싸들고 고개를 넘어 불이네 화장장을 지나서 10여 리쯤 더 갔다가 고구마로 점심을 하고 되돌아오기도 했고, 해안을 따라서 열려 있는 2차선 포장도로를 걷기도 했다. 걸으면서 영어 단어를 외웠고, 걷기가 지겨워지면 길을 벗어나서 나무 밑이나 바위 틈의 그늘에서 잠을 자거나 영희가 갖다 준 소설

책을 읽었다.

 소설책은 영희가 이웃에 사는 문학청년에게서 빌린 것이었는데, 영희는 '깨끗하게 보고' 그리고 '빨리 돌려줄 것'을 난나에게 언제나 당부했다.

 한국 대표 단편 선집이나 세계 문학 전집 등의 깨알 같은 글자들은 야간 공민학교 2학년의 지성에게는 너무나 난해했으나, 열네 살의 감수성에게는 민감하게 작용했다. 노상에서의 난나의 감수성의 방황은 한여름이 올 때까지 계속되었다.

 난나는 놀고먹는다는 생각에 짓눌려서 일체의 고체가 쇳가루처럼 목구멍 속에서 느껴질 때쯤 선착장의 한 철공소에서 일자리를 얻게 되었다.

 대여섯 명이 일하는 대장간 수준의 철공소에서 심부름을 하거나 청소 정도를 하는 것이었다. "용접봉" 하면 얼른 "용접봉" 하고 복창한 뒤에 용접봉을 가져다주어야 했다. 동작이 약간이라도 뜨면 불호령이 떨어졌다. 자면서 "용접봉" 하고 외치는 난나의 빈손에 할머니가 얼른 인두 같은 것을 쥐여 주어 옥이가 깔깔거리며 웃은 일이 한두 번이 아니었다.

 철공소 생활을 한 지 일곱 달 만에 셋방 주인아저씨의 소개로 3학년이 되면서 선구상으로 옮기게 되었다. 난나는 기술을 배울 수 있는 철공소를 떠나는 것이 아쉽기는 했으나, 자신의 꿈인 선장이 되는 데는 아무래도 선구상이 나을 것 같기도 했다. 선원도 사귀고 선장도 사귀고 잘하면 선주도 사귈 수 있었기 때문이다.

당장 현실적으로도 공부를 할 수 있는 시간적 여유가 난나에게는 중요했다. 큰솥학교에 가기 위해서 먼저 '퇴근한' 탓에 아침 일찍 누구보다 먼저 '출근하여' 어지러운 작업장을 청소하고 정리해야 하는 철공소는 난나에게는 영어 단어 외울 시간도 허용하지 않았다. 한번은 "망치" 하고 복창해야 할 것을 "해머"라고 했다가 철공소 안이 웃음바다가 된 적도 있었다. 한동안 난나는 그들에게서 '해머'라는 별명으로 불리기도 했다.
　선구상의 분위기는 철공소의 그것과는 전혀 딴판이었다. 철공소에서 거의 하루 종일 난나는 모루 위에서 쇠망치를 기다리는 시뻘건 쇳덩이의 열기 속에서 용접 불꽃 사이로 이리저리 몸을 재빨리 움직여야 했다. 그러나 선구상에서 난나는 아침에 간단한 청소를 하고 하루에 두어 번씩 물을 뿌린 뒤에 가게 앞길을 비질하고 전화를 받고 물건을 정리하고 주인이 출타하면 가게를 지키는 것이 고작이었다.
　주인아저씨는 인근 가게 주인들이나 동네 유지들과 어울려 잡담을 하거나 화투를 치는 것이 중요한 일과였는데, 하루에 한 번씩 다방에서 커피를 배달시켜 마셨다. 40대 중반에 허우대가 괜찮은, 사람 좋은 주인아저씨는 커피를 가지고 오는 키가 자그마하고 가슴이 통통한 '레지'의 엉덩이를 쓰다듬는 것이 하루의 즐거움인 것 같았다. 주인아저씨의 손길이 닿기도 전에 '미쓰 김'은 자지러지게 웃어 주인아저씨의 친구들을 즐겁게 했다.
　'미쓰 김'은 화투판의 열기가 후끈 달아올라서 사람들이 자신에게 신경을 별로 쓰지 않을 때는 남아 있는 커피를 난나에게 따라 주기도 했다. "무슨 책인데, 그렇게 열심히 읽지" 하고는 난나를 향해서 머리를 숙일 때의 미쓰 김의 더운 입김은 입 냄새와 껌 냄새가 뒤섞여 난나의 비위를 뒤집어 놓았다. 그러나 난나의 어깨를 지그시 누르는 미쓰 김의 상체의 무게는 난나의 정신을 아득하게 만들기도 했다. 특히 얼굴을 스치는 묵직한 가슴을 감싼 얇은 봄 털 스웨터의 보드라운 감촉은 황홀하기조차 했다.

 5월 말, 늦은 오후의 부두는 한가하다 못해 나른하기조차 했다. 난나는 선구상 한켠에 마련된 자신의 자그마한 책상 앞에 앉아서 영희가 주고 간 《좁은 문》을 읽었다. 보름 전쯤 야학을 마치고 대로에서 집으로 들어가는 골목길 입구에 접어들었을 때 영희가 나타나서 난나의 손을 가만히 잡으면서 쥐여 준 문고판이었다. 영희는 빚보증을 잘못 서서 집을 차압당한 고모네를 따라서 모레 전주로 간다고 했다. 친척 집이라고는 했지만, 객지에서 눈칫밥을 먹으면서 그래도 중학교에 다녔던 영희에게 유일한 위안은 음식점이 문을 닫으면 설거지와 청소를 도운 뒤에 시간이 남을 때는 난나를 기다렸다가 잠시 이야기를 나누는 것이었다.

 시간과 형편이 허락되어 빵집에 들어가서 서로의 맑고 밝은 눈을 더욱 찬찬히 확인해 가면서 얘기를 나눈 것은 손가락으로 꼽을 수 있을 정도였다. 영희는 외등의 희미한 불빛 밑에서 난나의 얼굴 그늘 속에 있는 난나의 눈이 얼마나 맑은가를 상상해 볼 뿐, 너무나 아쉽고 안타까운 시간을 잠시 가지는 것이 보통이었다. 영희는 그 만남의 시간을 하루 종일 기다리기도 했지만, 시간이 서로 어긋나서 만나지 못할 때의 그 슬픔의 그림자란. 그러나 만났다가 헤어져서 어깨를 늘어뜨리고 돌아갈 때의 난나의 뒷모습을 볼 때의 그 그림자보다는 선명하지 않았다.

난나와 영희는 그들의 그림자가 나날이 짙어져 가는 것을 의식할 수 있었다. 그러나 그들은 애써 그것을 보려고 하지 않았다.

영희는 자신이 읽은 책을 건네줄 때는 꼭 한마디씩 했다. 난나는 영희가 "이 책은 한 지순한 영혼의 울림이야" 하고 준 《전원 교향곡》을 읽었을 때의 감동을 지금도 잊지 못하고 있다. 난나는 영희가 특히 앙드레 지드를 좋아하는 것을 알고는 서점에 가서 무턱대고 그의 대표작이 무엇인가를 물어보고 《좁은 문》을 샀다. 영희가 헤어지면서 난나에게 준 《좁은 문》은 자신도 읽지 않은 채 난나가 영희보고 먼저 읽으라고 준 그 《좁은 문》이었다. 영희는 그때 말했다. "이미 읽었지만, 너무나 고마운 선물이야."

그런데 영희가 준 《좁은 문》에는 초록색 색연필로 밑줄을 그은 문장들이 있었다. 어떤 때는 한 문단 전체가 줄이 그어져 있었다.

난나는 전신주의 희미한 외등의 불빛에 빛나던, 영희의 눈물이 그렁거리던 눈을 생각하면서 《좁은 문》을 열었다. 그리고 다시는 만나기가 어려울 영희를 보내면서도 빵 한 개 서로 나눌 수 없었던 자신의 처지가 지금도 안타깝기만 했다.

깃발 없는 깃대들처럼 촘촘하게 서 있는 무동력 어선들의 거무스레한 돛대와 발동선 어선들의 흰 마스트는 햇빛 속에서 일렁이고 있었다. 난나는 자신의 나무 의자에 앉아서 손님을 기다린다. 손님은 선주일 경우도 있고 선장일 경우도 있고 선원일 경우도 있다. 난나는 책의 갈피에서 영희의 발그스레한 피가 돋던 손가락이 어른거리는 것을 보면서 밑줄을 그은 부분들을 다시 눈으로 읽었다. 목 안에서 영희의 손가락을 느꼈을 때 난나의 눈은 흐려졌다.

― 하지만 알리사를 보자 우리들은 이제 어린애들이 아니라는 것을 갑자기 느꼈던 것이다.
― 좁은 문으로 들어가기를 힘쓰라. 멸망으로 인도하는 문은 크고 그 길이 넓어 그리로 들어가는 자가 많고, 생명으로 인도하는 문은 좁고 협착하여 찾는 이가 적음이라.
― 가장 뚜렷한 육체적인 불안으로 괴로워하는 나이가 되었을 때에도 내 감정은(그 뒤 문장에는 밑줄을 긋지 않았다).
― 그해 여름은 찬란하였다. 온갖 것에는 푸른 하늘이 배어든 듯하였다. 우리의 열정은 불행도 죽음도 이겨 냈다. 우리 앞에서는 어두운 그림자도 물러서는 것이었다. 아침이면 나는 기쁨으로 잠을 깼다.
― 어디든지 다 가보고 싶어! 삶 자체가 내겐 알리사와 함께 책이며 뭇 사람들이며 많은 나라들을 통해서 가는 하나의 긴 여행처럼 보여……. 이 말이 무엇을 뜻하는지 생각해 본 적이 있니? '닻을 올린다'는 말 말이야.
― 밤에 길을 떠나 눈부신 여명 속에서 잠을 깬다. 불안스러운 파도 위에 단 두 사람만이 있는 것을 느끼며…….
― 넌 나를 오해하고 있어. 난 그처럼 많은 행복이 필요하지 않아. 우리는 지금 이대로도 행복하지 않니?

— 아시시의 그 산에서는 무섭게 목이 말랐었지! 그렇지만 프란체스코회의 그 수도사가 주던 한 잔의 물은 얼마나 맛이 있었는지! 오오 제롬, 나는 너를 통해서 모든 것을 보고 있다(이 구절로 말미암아 난 나는 성 프란체스코에 관해서 관심을 가지게 되었고, 결국 성당에도 가게 되었다).

— 그 이튿날— 바로 어제였지— 아침 내내 나는 미친 듯이 너를 기다리고 있었어……. 한참이나 파도치는 바다를 바라보며 꼼짝 않고 있었지만, 너 없이 나 혼자서 바라보는 것은 너무나도 가슴 아팠어.

— 그녀에게 나는 이렇게 말했다. "나의 사랑만이 내가 지니고 있는 것 중에서 가장 훌륭한 것이라고 생각해. 나의 모든 미덕도 나의 사랑에 달려 있어. 사랑이야말로 나를 나 이상의 위치로 끌어올려 주는 것같이 생각돼. 만일 사랑이 없다면, 나는 극히 평범한 인간이 머무르고 있는 보통의 위치로 다시 전락해 버릴 수밖에 없을 것만 같아. 너와 다시 만나게 되리라는 희망이 있기 때문에, 제아무리 험준한 산길이라도 언제나 내게는 가장 보람 있는 길이 되고 있어."

— 오! 과거를 아쉬워하진 마. 이미 나는 책장을 넘겨 버렸는걸.

— 나는 책장에서 책을 추방해야만 했다…….

이 책에서 저 책으로 그를 피해 달아나는데도 그는 어디에나 있다. 나 혼자 그가 없는 데서 찾아 읽는 책장에서조차 나는 그것을 나에게 읽어 주는 그의 음성을 듣는다. 나는 오직 그가 흥미를 느끼는 것만을 좋아한다. 그래서 내 생각마저도 그의 사고방식을 받아들여 버렸기 때문에, 지난날 우리 둘의 생각이 한데 뒤섞이는 것을 즐거워할 수 있었던 때와 마찬가지로 지금도 어떤 것이 나의 생각인지 분간할 수가 없다.
 가끔 나는 그의 문장 투에서 벗어나려고 일부러 서투르게 쓰려고 애쓴다. 그러나 그에게 대항해서 싸운다는 것, 그것은 오히려 그에게 몰두하는 것이 된다.
 ― 제롬! 네게 완벽한 기쁨이라는 걸 가르쳐 주고 싶다.

 그리고 '그리운 제롬', '진실한 행복!', '머릿속의 사랑', '두려움', '고통', '결혼', '이런 바보!', '행복' 같은 단어들에도 밑줄이 그어져 있었다.

 전주에 간 영희는 곧장 난나에게 편지를 보냈다. 짧은 사연이었으나, 난나의 눈시울을 붉게 하는 긴 행간을 가진 편지였다. 그리고 두어 달 후에 고모네가 개업한 식당이 잘되지 않는다는 내용의 세 번째 편지가 왔다. 우체부 정 씨는 난나를 만날 때마다 난나의 마음을 아는지 난나보다 더 서운한 표정을 지으며, 영희의 편지가 없는 것이 자신의 잘못인 듯이 미안해하기조차 했다.
 ― 아아, 영희야.
 그리고 난나는 또 한 사람의 이름을 절규하고 싶었다.
 얼마 전에 갯밭 마을의 고향 집 이야기 끝에 난나는 할머니에게 보채듯이 물었다. 아버지가 있다는 감옥은 어디에 있는지를. 그러나 할머니는 머뭇거리기만 했다. 이 땅의 감옥에 있다는 아버지가 왜 편지 한 장 없는지, 또 왜 그 감옥에 면회 한 번 안 가느냐는 난나의 질문에 할머니는 체념한 듯이 말했다.

"너도 이제 알아야 할 만한 나이가 됐지. 네가 갓 돌이 되었을 때 집을 나가 행방불명된 거다. 그러나 나는 네 애비가 이 세상 꼭 어딘가에 살아 있다고 믿고 있다. 네 애비를 기둘려서 나는 더욱 갯밭 집을 뜨고 싶지 않았던 거다."

난나는 때때로 절규하고 싶었다.

— 아아, 아버지.

# 얼음 밑으로 흐르는 강

우우우, 해당화 나무 가시에 바람 긁히는 소리가 났다.
어디선가 소 방울 흔들리는 소리가 들리다가 그치자 이번에는 바람이 잔파도를 몰아와서 모래톱에다 확 부려 놓았다. 동묵이 아저씨가 모닥불을 부추기면서 입을 열었다.
"지금은 스무남은 집밖에 안 되지만, 예전에는 이 솔섬에도 백여 호가 넘는 사람들이 살았더란다."
난나는 모닥불에 손을 쬐면서 인기척이 없는 마을을 바라보았다. 진눈깨비가 비치고 있기 때문일까. 고샅에는 강아지 한 마리도 비치지 않았다. 고기를 널어 말리는 설경만 보이지 않았다면, 사람이 살지 않는 마을처럼 보였을 것이다.
동묵이 아저씨는 마른 솔가지를 불 속에 던져 넣으면서 얘기를 이어 갔다.
"그 시절에 실제로 있었던 일이란다. 저 앞바다 웃돌목에 글쎄 처녀

제물을 받아먹는 바다 구렁이가 있었다지 뭐냐. 어쩌다 제물을 바치지 않기라도 하면 어찌나 행패가 심했던지, 폭풍이 불고 산사태가 나서 마을에 떼죽음이 나곤 했었지."

갈대밭에 소소소, 바람 지나가는 소리를 난나는 들었다.

갈대밭 건너편에서는 잔파도에 옆구리를 받히는지, 작은 배 두 척이 조용히 흔들리고 있었다.

"그런데 마을에서 가장 인물 좋은 섬 처녀가 제물로 정해진 해였단 다. 섬 처녀한테는 남모르게 만나는 젊은이가 있었는데, 이 젊은이는 힘도 장사일뿐더러 칼도 썩 잘 썼단다. 생각해 보려무나. 어떤 젊은이 가 자기 여자를 바다 구렁이한테 잡아먹히도록 순순히 보고만 있겠냐."

동묵이 아저씨는 손바닥에 침을 뱉어서 쓱쓱 비빈 다음 다시 그물코 를 떠갔다.

"젊은이는 큰 칼을 차고 웃돌목으로 바다 구렁이를 찾아 떠나면서 섬 처녀한테 말했더란다. '내가 바다 구렁이와 싸워서 이겼을 때는 배 에 흰 깃발을 달고 올 것이고, 졌을 때는 붉은 깃발을 단 배가 올 것'이 라고."

"아저씨!"

난나는 벌떡 자리에서 일어나면서 소리를 질렀다.

"그 이야기의 나머지는 하지 마세요."

"왜 그러느냐? 끝이 더 재미있는데?"

"뻔하지요, 뭐. 남자가 죽거나, 여자가 죽거나 그렇게 해서 꽃이 되 는 슬픈 결말이 아니겠어요."

"어디서 먼저 들었던 모양이구나."

"아니어요. 그렇게 슬프게 끝을 맺는 우리나라 전설의 줄거리를 알고 있을 뿐이어요. 왜 그렇게 우리 옛이야기는 철저하게 악을 쳐 죽이지 못하는지 모르겠어요."

"아니다. 이 이야기는 석 달 열흘 동안 바다 구렁이와 싸운 끝에 젊은이가 이긴다는 줄거리야. 그런데 바다 구렁이의 붉은 피가 하얀 돛을 물들인 것을 젊은이가 몰랐던 거야. 멀리서 다가오는 붉은 돛을 발견한 섬 처녀는……."

난나는 불이 붙은 나무토막을 집어 바다를 향해 던지면서 말했다.

"결과는 마찬가지예요! 그러니까 끝을 듣고 싶지 않다는 거지요!"

동묵이 아저씨는 그물을 개켜서 어깨 위에 걸쳤다.

난나는 모래를 발로 차면서 걸었다.

동묵이 아저씨는 콧노래로 만가를 흥얼거리면서 난나 뒤에서 걸었다.

진눈깨비 눈발이 배추 나비만큼씩이나 굵어졌다.

동묵이 아저씨가 수리하려고 받침대 위에 엎어놓은 배 밑으로 들어갔다. 난나도 따라서 들어갔다. 어둠이 깔린 바다 위에는 수억 마리의 나비 떼가 날고 있는 듯했다.

동묵이 아저씨의 손이 조용히 난나의 어깨 위에 얹혔다.

"난나야!"

"……."

"너 무슨 일이 있지? 솔직히 내게 마음을 털어놓아도 좋겠지."

"……."

"할머니한테 말하지 않고 여기에 왔지?"
난나는 고개를 끄덕였다. 그러고는 두 팔로 두 무릎을 꺼안고 그 위에 턱을 놓았다.
"왜 무슨 일로 그렇게 화가 났냐? 어서 말해 봐."
난나는 눈 속에 묻혀 버린 바다에서 들려오는 물새 울음소리를 들었다.
"지난가을이었어요."
난나는 한참 만에야 입을 열었다.

이제 갓 피어나기 시작하는 코스모스들이 이슬을 머금고 있었던 2학년 2학기 시작 첫날 조회 시간이었다.
새로 부임해 오신 훌륭한 선생님을 모시게 되어 기쁘게 생각한다는 교장 선생님의 소개말이 끝나자, 갈색 스커트에 하얀 블라우스를 받쳐서 초콜릿 빛깔의 조끼를 입은 여선생님이 또박또박 교단 위로 올라왔다.
난나는 순간 저 여선생님의 맑은 목소리를 들은 적이 있다고 생각했다. 그렇다. 난나는 이내 공민학교 시절에 한때 영어를 가르쳐 준 여대생을 기억해 냈다.
난나는 줄 바깥으로 약간 벗어나서 고개를 빼어 새로 온 여선생님 입가의 까만 점까지 확인하고 있는데 언제 다가왔는지 지리 선생님이 난나의 볼을 잡았다.
"임마, 여선생이 오니까 그렇게도 좋아?"
그러나 영어 시간에 교실에 들어온 선생님은 난나를 못 알아보는 것 같았다. 난나와 눈이 한 번 부딪쳤으나, 조금도 표정이 변하지 않았다.

난나는 정말 잊어버렸는지도 모른다고 생각했다. 그때가 1969년, 큰솥학교 1학년 때였으니까, 벌써 4년이란 긴 시간이 흘렀다. 설혹 기억이 난다고 하더라도 자기의 두 다리 사이를 비추어 보려고 손거울을 교실 바닥에 놓아 두었던 불량아를 무엇이 대견하다고 아는 체할까.

그러나 방과 후였다. 난나가 영식이를 기다리느라고 교문 앞에 서 있는데, "난나야" 하고 부르는 목소리가 있었다.

소리 나는 곳을 향해 돌아선 난나는 소스라칠 듯이 놀랐다. 새로 부임해 온 여선생님이 웃으면서 걸어오고 있었던 것이다.

"선생님도 저를 기억하세요?"

"큰솥의 개구쟁이 널 내가 왜 잊었겠니?"

난나는 발부리에 있는 돌멩이를 찼다. 돌은 길가에 있는 전신주를 맞혔다.

"용케도 고등학교에 진학을 했구나. 검정고시를 거쳤니?"

난나는 씩 웃는 것으로 대답을 대신했다.

"등록금은?"

"'더덕 먹는 모임'이라고 있어요. 그 모임에서 도와주고 또······."

난나는 할머니와 옥이가 돈을 번다는 얘기를 하려다가 설명이 길어질 것 같아 그만두었다.

"그렇구나, 박 형도 그 모임의 회원이라고 내게 자랑하곤 했지."

"박정구 아저씨를 말하는 거예요?"

이번에는 선생님이 미소로 대답을 대신했다.

난나는 선생님의 덧니가 드러나는 미소를 보는 순간, 라일락 향기가 허파에 스며드는 듯한 아림을 느꼈다.

"우리 예전의 큰솥학교에 한번 가볼까?"

그러나 그곳은 이미 학교가 아니었다. 농구대가 있는 운동장은 옥수수 밭이 되어 있었다. 그것도 추수가 끝난 늦가을 날의 옥수숫대들만이 을씨년스럽게 말라 가고 있었다. 난나는 선생님 뒤를 따라서 키보다 큰 갈색의 옥수숫대 사이를 헤치고 갔다.

"대정 선생님은 지금도 투병 생활 중이시지?"

대정 선생님의 '대정(大鼎)'은 '큰솥'을 한자로 옮긴 것이다.

"서울의 큰 병원으로 옮기셨다고 들었어요."

"참, 뜻이 깊으신 분이었는데……."

잡초가 무성한 화단에는 해바라기가 두 그루 고개를 빼들고 있었다. 교실의 흑판에는 누가 쓴 것일까, "선생님 안녕"이라고 백묵 글씨로 씌어 있었다.

교무실 앞의 소나무에 기대선 선생님은 바다를 내려다보면서 중얼거렸다.

"여기서 박 형이랑 함께 바다를 보곤 했는데……."

난나는 솔방울을 주워 바다 쪽을 향해 던지면서 말했다.

"선생님과 박정구 아저씨는 서로 좋아했었나 보죠."

난나는 이때 선생님의 눈가에 물기 같은 것이 비치는 것을 보았다.

난나는 자신의 얘기를 듣고 있는지 파도 소리를 듣고 있는지 가늠할 수 없는 표정을 짓고 있는 동묵이 아저씨에게 서운한 감정을 드러내어야겠다는 듯이 목소리를 높여서 말했다.

"그런데 지금은 그 여선생님한테 애인이 생긴 것 같아요. 지리 선생님하고 어울려서 극장에도 다닌단 말이에요."

눈발이 성글어지고 있었다.

동묵이 아저씨가 배 밑을 먼저 빠져나갔다.

"그래서 화가 나서 나를 찾아왔단 말이냐?"

난나는 잠자코 걷기만 했다. 동묵이 아저씨는 파도에 떠밀려 온 나뭇가지를 주우며 말했다.

"내가 짐작하기엔 박 씨라는 대학생을 생각해서라기보다는 난나 네가 그 여선생님을 좋아하다가 마음이 상한 모양이다. 난나 얼굴의 여드름도 벌써 끝나 가고 있으니, 참 세월이 빠르구나."

# 엽록이 비치는 1월의 가슴

선생님.

전기가 없는 섬 마을에서 이 글을 씁니다. 문밖에는 솔바람 소리가 가득합니다. 그리고 간혹 파도 소리가 올라와서 문지방을 찰싹찰싹 때립니다. 달을 향해 흘러가는 구름을 보았는지 개가 짖고 있고요. 간혹 동묵이 아저씨의 기침 소리가 밤의 적막을 흔들어 놓을 뿐입니다.

선생님.

이 고요한 겨울밤에 호롱불 아래에서 선생님께 편지를 쓰려고 하니 자꾸 글이 막힙니다. 왜 그런지 저도 모르겠어요.

제가 지금 들어 있는 이 방은 동묵이 아저씨네의 건넌방입니다. 방 윗목에는 고구마 두 가마니가 서 있습니다. 그리고 바람벽에는 고기를 잡는 그물이 걸려 있습니다.

이 방의 천장을 보시면 선생님은 웃으시겠지요. 호박 말랭이며, 무 말랭이며, 봄이 오면 파종할 옥수수며, 쑥갓이며, 상추 씨앗이며 그런

주머니들이 주렁주렁 매달려 있으니까요. 제사상에 올릴 명태도 몇 마리 매달려 있습니다.

저녁 무렵에 동묵이 아저씨가 청솔로 군불을 넣어 주어서 방은 따뜻합니다. 묵혀 두어서인지 풍기는 방의 흙냄새에 그것마저도 은근한 향기처럼 느껴집니다.

선생님.

선생님께선 전기가 없는 마을의 그리움을 모르시겠죠. 내내 전깃불이 들어오고, 그래서 텔레비전이며, 냉장고며 그런 문명의 이기와 떨어져서 살아 본 적이 없으시지요?

그러나 저한테는 전기가 없는 마을에 대한 그리움이 있습니다. 우리 고향 갯밭에도 지금은 전기가 들어와 있습니다. 그렇지만 제가 살던 6~7년 전까지만 해도 전기가 없었습니다. 저녁이면 호롱불을 켜고 그 아래에서 도란도란 얘기를 나누었지요. 저의 할머니는 대개 바느질을 하셨는데, 그 무렵 저는 할머니의 바늘귀에 실을 꿰어 드리는 것을 큰 자랑으로 여겼습니다.

어린 우리들은 달빛 속에서 숨바꼭질을 했고, 달빛 속에서 감꽃을 줍기도 했습니다. 저는 언젠가 동묵이 아저씨가 하신 말씀을 기억합니다. 전지를 켜 보이시면서 생명 있는 것은 다스리는 맛이 있어야 하는데, 약 하나로 간단히 죽거나 살거나 한다며 재미없는 물건이라고 하셨거든요. 그 깊은 말뜻을 지금 여기서 새삼스럽게 생각해 보고 있습니다.

선생님.

동묵이 아저씨가 불륜의 험조차 보듬어 주었던 영구 고모는 저세상은 꼭 있어야 한다고 했다고 합니다. 저는 뻘 밭에서 돌아오는 어부들을 바라보면서 영구 고모가 말한 의미를 어슴푸레 이해할 것 같았습니다. 이세상은 뻘 밭입니다. 거기서 일을 마치고 돌아가는 어부들에게 집의 평화가 기다리고 있듯이 이 세상의 삶을 마친 사람들에게 저세상은 반드시 있어야 하는 것이지요. 한을 가진 사람들에게는 더욱 그럴 것입니다.

영구 고모는 특히 동묵이 아저씨한테 간절한 빚을 지고 있었으니까요.

선생님.

오늘 낮, 눈이 그친 뒤에는 동묵이 아저씨와 함께 낙지를 잡으러 갔습니다. 조금 때이어서 바닷물은 저 멀리 한껏 물러나 있었습니다. 동묵이 아저씨는 개펄에서 구덩이를 파고 낙지를 잡았고, 저는 모래톱에서 바지락을 캤습니다.

동묵이 아저씨는 이 세상 모든 것들과 대화를 나눈다는 말씀을 제가 드린 적이 있지요? 그래서 동묵이 아저씨를 처음 보는 사람들은 실성한 사람이 아닌가, 착각을 하기도 합니다.

"기러기야, 이 밤에 어디를 가느냐? 내일 비 오겠냐?" 하고 기러기한테 날씨를 물어보기도 합니다. 무 움에서 무를 꺼내면서는 "무야, 사슴의 뿔보다도 네 순이 더 아름답구나" 하고 감탄하기도 합니다.

오늘 동묵이 아저씨가 낙지 구덩이를 파는 것을 보니, 어린아이 어르듯이, 숨바꼭질하듯이 팠습니다. "얘야, 어디 숨어 있느냐? 이리 나와 봐. 이 멍청이 애간장 좀 그만 태워라" 이렇게 어르는가 하면, 숫제 "이놈, 이젠 잡았다. 어디로 도망가" 하고 윽박지르기도 합니다. 그리고 막상 잡혔을 때는 "미안하다"며 사과하기도 하고요.

저는 바지락을 캐다 말고 먼 수평선을 바라보고 있었습니다. 썰물이 져 버린 빈 개펄에는 물결이 출렁거릴 때와는 달리 고요가 가득 넘실거리는 것 같았습니다. 돌아오는 길에서 동묵이 아저씨는 이렇게 말했습니다.

"난나야, 저 빈 개펄을 보아라. 얼마나 평화로우냐."

저도 무엇인가를 느끼고 있었습니다. 그러나 그것이 무엇인지, 적당한 말이 잡히지가 않아서 생각 중이었습니다. 그런데 동묵이 아저씨가 '평화'라고 했습니다. 저는 그 순간 평화는 남김 없이 저 개펄처럼 비워 버렸을 때 올 수 있는 것이구나 하고 깨달았습니다. 꽉 차 있는 곳에서는 늘 불안합니다. 사람들로 가득 차 있는 도회지가 그렇습니다. 장터가 늘 불안하고 욕심 많은 사람이 늘 불안해 보이는 것도 이런 이치 때문일 것입니다.

선생님.

기러기 울음소리가 귀 밝게 들려서 잠깐 밖에 나갔다가 들어왔습니다. 열여드렛날 밤의 새벽 달빛은 너무도 밝았습니다. 바람에 흔들리는 긴 나뭇가지 그림자가 마당을 쓸고 있었습니다. 오랜만에 제 그림자하고 함께 걸었습니다. 이야기도 나누었습니다.

"오랜만이야."

"그래, 참 반가워."

"그동안 넌 어디 있었지?"

"늘 네 곁에 있었어."

"그런데 왜 내가 못 보았지?"

"넌 다른 데 정신이 팔려 있었으니까. 공부하느라 바쁘고 시험 치르느라 바빴지. 친구들하고 어울리느라 바쁘고 무엇인가를 찾아다니느라 바빴지."

"맞아, 그랬었구나."

"그러나 이건 하나 알아 두어야 해. 네가 나를 찾아온 지금이 너한텐 가장 온전한 시간이라는 것을."

"중요한 것을 가르쳐 줘서 고맙다."

이것이 우리끼리의 대화였습니다.

선생님.

그러나 저는 답답합니다. 내가 왜 태어났는지를 모르고, 내가 왜 살아야 하는지를 모릅니다. 때로는 장작처럼 타버리고 싶기도 하고, 때로는 거인이 되어 이 세상의 모든 것들을 발아래에 꿇어 엎드리게도 하고 싶습니다. 할머니나 선생님께서 하라고 하는 것은 하기 싫습니다. 왠지 싫습니다. 용수철처럼 튀어 오르고 싶은 적이 하루에도 몇 번이나 있습니다.

이 세상은 너무도 무질서합니다. 선한 사람이 비참하게 일찍 죽기도 합니다. 악한 사람이 영화를 누리며 오래 살기도 합니다. 제 동생 옥이를 생각하면 하느님은 너무 불공평하다는 생각이 듭니다. 그렇게 열심히 성당에 다니는데도 옥이한테 행복한 일은 한 번도 없었습니다. 선생님께 우리 불쌍한 옥이가 서울에 가서 공장에 다니고 있다는 말씀을 드린 적이 있지요?

옥이는 국민학교밖에 다니지 못했습니다. 올해 열세 살입니다. 꼽추

여서 늘 놀림을 받으며 학교를 다녔습니다. 친구도 없이 토끼와 닭과 맨드라미와 채송화하고만 어울려 지내다가 삼촌을 따라서 서울로 갔습니다. 스웨터 공장에서 시다 일을 하고 있다고 합니다.

선생님.

제가 지금까지 공부해 오고 또한 공부를 하고 있는 것은 이런 세상 모든 것들에 대해서 복수하려는 마음에서입니다. 그중에서도 이모할머니에 대한 원한은 바위처럼 단단했습니다. 제가 진학하려고 했던 것조차도 어떻게 해서든 우등생이 되어 이모할머니 앞에 나타나고 싶었기 때문입니다.

그런데 이모할머니가 지난가을에 갑자기 고혈압으로 죽었습니다.

저는 공에 구멍이 난 것처럼 탄력을 잃어버렸습니다. 공부하기가 싫었습니다. 목표물을 놓쳐 버린 공중의 매처럼 그저 한자리에서 맴만 돌았습니다.

2학기 성적이 형편없이 가라앉은 이유를 이렇게 설명하면 믿어 주실는지요? 믿지 않으셔도 좋습니다. 저는 사실 편히 놀기도 했으니까요. 지금은 가슴이 저며 옴을 느낍니다만 통쾌하기도 했었어요. 선생님과 할머니 그리고 '더덕 먹는 모임'에 나오는 분들의 일그러질 얼굴 표정을 생각했거든요.

선생님.

그렇다고 해서 저에게 너무 절망하지는 마세요. 저는 1월의 들녘이라고 감히 말씀드리고 싶어요. 텅 빈 들, 얼어붙은 개울, 앙상한 나뭇가지가 전부이지만, 이 들녘의 땅 껍질을 가만히 떠들어 보셔요. 풀씨

들이 움을 준비하고 있고 개구리가 꿈결 같은 아지랑이를 느끼고 있지 않을까요? 개구리의 가슴이 두근거리고 있듯이 제 가슴도 그렇게 오는 봄을 향해서 두근거리고 있습니다.

나무줄기에 물이 오르듯이 제 가슴의 가장자리에도 엽록의 빛이 스미기 시작하는 저는 1월의 들녘입니다.

선생님.

제가 이렇게 긴 편지를 쓴 것은 이번이 처음입니다. 그러나 이 많은 사연을 적고도 미흡하게 느끼는 것은 웬일일까요? 단 한두 줄로 마치고 말아야 할 것이 너무 길어진 것 같습니다. 제가 못다 한 말들을 저기 저 찢어진 문구멍 사이로 보이는 샛별한테 일러 놓겠습니다.

선생님, 창문을 열어 주셔요. 그리하여 저의 샛별한테서 제 말을 마저 다 들어 주십시오.

1974년 1월 18일 난나 올림.

## 새벽바람을 맞는 사람들

 설날이 가까워서야 할머니는 자리에서 일어났다.
 난나가 어디엔가 간다 온다는 말도 없이 집을 나가자 할머니는 난나를 찾으러 마음에 짚이는 데는 다 가보았다. 불이네가 아직도 살고 있는 화장장에도 가보았고, 순천 선암사, 송광사, 구례 화엄사까지도 가보았다. 화부로 따라나섰는가 싶어서 선박 회사마다 기웃거리고 다녔다. 그러나 아무 데도 난나의 그림자는 보이지 않았다. 할 수 없이 떨어지지 않는 발길을 옮겨 꿀벌 노인이 잠시 묵고 있다는 소식을 듣고 돌산으로 갔다.
 두 노인은 마을 언덕에서 만났으나, 아무 말도 없이 먼 수평선만 묵묵히 바라보았다.
 마침내 "가야겠네요" 하고 난나네 할머니가 일어나자 꿀벌 노인은 따라 일어나면서 한마디 했다.
 "이젠 지옥 가는 것이 두렵지 않습니다. 친구를 만나게 될 테니까요."

그러나 할머니는 아무런 대꾸도 하지 않았다. 신작로에 내려와서 딱 한마디만을 했다.

"세상에 살다 보면 빚금 없는 가슴이 어디 있을랍디여."

할머니는 꿀벌 노인을 만나고 온 그 길로 머리를 싸매고 누웠다. 그런데 난나가 불쑥 나타났다. 동묵이 아저씨가 주었다는 미역 다발을 들고서였다.

한바탕 멱살잡이를 했으나, 예전처럼 무릎 꿇고서 "할머니 잘못했습니다. 다신 안 그럴 테니 한 번만 용서해 주십시오" 하고 비는 난나가 아니었다.

난나는 입을 꾹 다물고서 울기는커녕 빌지도 않았다. 나중에는 할머니가 스스로 지쳐 "저놈의 황소고집이 날 죽이네" 하고 자기 가슴을 통통 때려 보기도 했으나, 난나는 막무가내였다.

끝내 할머니는 두 다리를 뻗고서 "내 팔자야! 내 팔자야!" 하고 대성통곡을 했다.

이날 이후로 할머니는 앓아누웠다. 몸살에다 감기가 겹쳤다. 그러나 아무리 아파도 설 차례 상은 보아야 했다. 게다가 설에는 옥이가 서울에서 내려온다.

할머니는 떡을 하려고 떡 방앗간으로 가고, 난나는 옥이를 마중하러 역으로 나갔다.

난나는 전화국 앞에서 머뭇거리고 있는 한 중년 남자를 보았다. 노동을 하는지 입성이 그렇게 튼실하지 않았다.

중년 남자가 난나한테로 걸어와서 사정이 있어서 그런다며 전화를 좀 걸어 달라고 부탁했다.

난나는 그 사람과 함께 전화국 안으로 들어가서 그가 일러 준 대로 번호를 돌리고 김순영이라는 사람을 찾았다.

저쪽에서 전화를 받은 여자가 "잠시 기다리세요" 하고 말했다. 그러고는 잠시 후에 다른 여자가 나왔다. 난나가 수화기를 넘기자 그 사람의 음성은 이내 봄날의 저녁 안개처럼 가라앉았다.

"순영이냐? 아비다······. 빚쟁이들이 아직도 지키고 있는가 해서 지나가는 학생한테 부탁을 했지······. 그래······ 그래······. 너희가 고생이 많구나. 너희 어머니는 어떠냐? 아직도 차도가 없어? 남편 잘못 만나서 명까지 주는가 걱정이다······. 오늘 네 책가방하고 순실이 옷 몇 가지를 사서 부쳤다······. 알았다. 다음 추석엔 꼭 가겠다······. 나도 너희가 보고 싶어서 속이 터질 지경이다······. 이만 끊는다. 기죽지 말고 살아야 해. 알았냐? 참, 그리고······ 뭐라고?"

수화기를 힘없이 내려놓고 난나를 바라보는 그 사람의 입가에는 쓸쓸한 웃음이 번지고 있었다. 그 사람은 문을 나서서 아쉬운 듯이 저만큼 걸어가다가 전화국 건물을 뒤돌아보았다. 그리고 다시 고개를 푹 숙이고는 화물 창고 모퉁이를 돌아가 버렸다.

옥이는 오후 6시 여수 도착 열차를 타고 온다고 했다. 그러나 기차가 도착하고 역 대합실로 사람들이 몰려나왔으나, 다른 사람들 틈에 묻혀 버렸는지 옥이는 보이지 않았다. 옥이가 두리번거리고 있는 난나를 먼저 알아보고 불렀다.

"오빠야!"

저만큼 앞에서 옥이가 제 몸집보다 큰 가방을 낑낑거리며 끌고 나오고 있었다.

옥이의 그 가방 속에서 할머니의 스웨터가 나왔다. 난나의 국산 청바지가 나왔고, 할머니의 비타민이 나왔다. 그리고 난나의 라디오도 나왔다.

할머니는 혀를 차며 말했다.

"네가 번 돈이 어떤 돈인데 이런 비싼 설빔을 해왔냐?"

"할머니, 괜찮아요. 나는 즐겁게 지내고 있어요."

"네가 그런 말 해도 알고, 안 해도 안다."

"정말이어요, 할머니. 공장 휴게실에는 텔레비전도 있고, 전축도 있어요. 점심도 공장에서 공짜로 주는걸요."

"밥맛은 좋으냐?"

"좋아요 할머니, 일주일에 한 번씩은 돼지고기 넣고 김치찌개도 끓여 줘요."

"일요일마다 쉬게는 하느냐?"

"물건이 바삐 나갈 때는 안 돼요. 그럴 때는 일요일도 토요일도 없어요. 잔업이 넘칠 때면 철야도 하는걸요."

할머니는 끌끌 혀를 찼다. 이번에는 난나가 물었다.

"철야란 밤잠 안 자고 일하는 거야?"

"맞아, 오빠. 밤낮 내내 일만 하는 거야."

"졸립지 않아?"

"졸면 안 돼, 오빠. 불량품이 나오면 혼나."

"어떻게 안 졸아?"

"약 먹으면 돼. 잠 안 오는 약."

난나는 문득 옥이의 얼굴을 다시 보았다. 아까 역에서 보았던 옥이의 얼굴이 옛날보다 더 외꽃처럼 하얀 것은 서울의 수돗물 때문이겠거니 했다. 텔레비전에 나오는 이쁜 서울 여자들, 그들은 서울의 수돗물로 세수하고, 수돗물로 밥해 먹어서 그렇다고 생각하고 있었던 난나였다. 아아, 그런데 옥이의 얼굴이 저렇게 하얀 것은 잠 안 오는 약을 자주 먹기 때문이 아닐까.

난나의 눈치를 살피던 옥이가 얼른 말머리를 돌렸다.

"오빠, 이젠 나도 사시에 스웨터 코를 꿸 수가 있다."

"사시가 뭔데?"

"스웨터 꿰매는 기계야, 오빠."

"그 기술자가 되면 돈을 많이 받아?"

"응, 많이 받아, 오빠."

"재미도 있어?"

잠시 망설이는 듯하다가 옥이가 말했다.

"그럼, 사시 돌아가는 소리가 얼마나 듣기 좋은데. 달달달달, 이런 소리를 내, 오빠."

아아, 그러나 옥이는 지금 가슴 저 밑에 고여 있는 슬픔을 꺼내 놓지 않는다. 즐거움보다는 슬픔이 열 배 스무 배 더 많은 보세 공장. 수돗가에 가서 물을 마시는 척하며 눈물을 훔친 적이 얼마나 많을까.

공장에 다니는 옥이의 유일한 즐거움은 주인집의 막내인 선아 언니와 둘이서 성당에 가고 올 때이다.

선아 언니는 지지난해에 교통사고로 머리를 크게 다쳤다고 한다. 그래서 지금은 눈과 귀만 정상일 뿐 다리도 절고 손도 떤다. 말도 제대로 하지 못한다. 하고 싶은 말이 있으면 가늘게 떠는 손으로 글을 쓴다.

― 옥이야, 나는 한때 죽어 버리려고 했다.
선아 언니한테만은 옥이도 글로 묻기도 하고, 대답하기도 한다.
― 왜요, 언니? 왜 그랬어요?
― 내가 이 세상에서 필요한 곳은 한 군데도 없었으니까.
― 그래서 어떻게 했어요, 언니?
― 자살하러 강가로 나갔는데 물소리가 들렸지. 그 물소리를 듣는 순간 나는 생각했어. 저 물소리는 강 밑에 깔려 있는 자갈 때문이다. 하느님은 자갈 하나에도 이런 사명을 주었거늘, 나한테도 반드시 어떤 사명이 있을 것이라고 생각했지.
― 언니, 꼽추인 내게도 반드시 어떤 몫이 있겠지요?
― 그럼, 있을 거야, 반드시. 이 세상의 성한 사람들에게서 괄시받는 우리가 우리 몫을 찾아서 이루는 날, 우리에게는 기쁨의 샘이 솟을 거야.

빈 가방을 챙기는 옥이의 손을 난나가 잡았다.
"옥이야, 며칠 더 쉬었다 가."
"아니야, 오빠. 나는 올라가야 해. 과장님하고 약속했단 말이야. 그리고 난 어서 서울로 가고 싶어."

"서울이 그렇게도 좋아?"

옥이는 난나를 빤히 올려다보았다. 그리고 손톱으로 방바닥을 긁으며 말했다.

"오빠, 사실은 서울이 좋아서가 아니야. 하루씩 더 있으면 점점 가기 싫어질까 봐 얼른 가려는 거야."

옥이는 난나의 가슴에 얼굴을 묻었다.

"그러면 가지 마. 내가 무슨 일이든 해볼게. 우리 예전처럼 죽을 먹더라도 함께 살자."

그러나 이튿날 아침에 난나가 잠자리에서 눈을 떠보니 옥이의 자리가 비어 있었다. 옥이를 역에까지 바래다주고 오는지 할머니의 기침 소리가 골목에서 들려왔다.

# 종이여, 울려라

난나는 성당의 새벽 종소리를 듣고 있었다. 참으로 오랜만에 듣는 종소리였다. 어둠을 무너뜨리는, 백로의 날갯짓 같은 종소리는 난나의 심장을 관통하고 있었다.

난나한테는 "백로야, 날아라" 하면서 갯밭의 논두렁길을 쫓아다닌 기억이 있었다. 여름날의 논 가운데에서 우렁을 잡아먹느라고 고개를 박고 있다가 난나가 달려가면 물끄러미 바라보던 백로. "날아라, 종소리처럼 날아 보렴" 하고 손짓을 해도 겅중겅중 걸어가기만 하던 그 어린 날의 백로.

그러다가 마침내 새하얀 백로가 날아오르던 그 푸른 하늘은 얼마나 더욱 푸르렀던가. 푸른 벼, 푸른 콩, 푸른 이슬, 그리고 그 하늘 갈피마다에 날아오르던 탱자국민학교의 종소리.

난나는 모처럼 성당에 가고 싶은 충동을 느꼈다. 영세를 받은 후 1년 동안은 꼬박꼬박 성당에 다녔었다. 무슨 일이 있을 때면 반드시 옥이처럼 성호를 그었고, 꼬박꼬박 성모님께 인사도 잘 드렸다. 영주를 불러 성당에 나오게 했고, 영주가 영세를 받을 때는 동백꽃 꽃다발을 주었다.

고등학교에 진학하고서 난나는 우연히 버스에서 영주를 만났다. 그 뒤로 둘은 자주 약속을 하게 되었다. 그때 난나의 가장 큰 관심사는 성당 나가는 일이었기 때문에 자연히 그들의 대화는 종교에 관한 것이 많았던 것이다.

그 무렵 난나의 기쁨 가운데 하나는 책상 위의 작은 성모상을 주일마다 한 번씩 씻겨 주는 일이었다. "코를 푸세요, 힝" 하고 휴지를 코 밑에 대기도 했고, 크림으로 얼굴을 마사지하기도 했다. 그러다가 한번은 석고 성모상의 검지에 상처가 나자 놀라서 붕대를 감아 놓기도 했다.

그러나 난나는 어느 날 우연히 병구로부터 수음을 배우고 나서는 성당에 발걸음을 끊었다. 책상 위의 성모상을 돌려놓았다가 나중에는 상자 속에 넣어서 반닫이 속에 넣어 버렸다.

늘 끈적한 기운이 난나를 우울하게 했고 또한 유혹했다. 난나는 이런 것이 악마라고 생각했다. 어린 시절에 난나가 상상한 악마는 머리 위에 뿔이 돋아 있고, 이빨이 입 밖으로 비어져 나온 괴물이었다.

이제서야 비로소 난나는 악마 또한 풀잎처럼 여린 것이기도 하고, 동백꽃처럼 붉은 것이기도 하다는 것을 깨닫게 되었다. 바람처럼 소리 없이 드나드는 일상적인 악령, 난나는 그 정체를 어슴푸레 느끼고 있었다.

난나가 성당에 들어갔을 때는 입당 성가가 가득히 울려 퍼지고 있었다.

난나의 눈앞에 이 성가를 좋아했던 옥이가 떠올랐다.

옥이는 이 성가를 힘든 공장 일을 하면서 때때로 부른다고 했다. 밤샘을 할 때 남녘 하늘의 별을 바라보면서.

난나는 가슴 깊은 곳에서 쿡 솟아오르는 어떤 것을 느꼈다. 그러고는 창 쪽으로 고개를 돌렸다. 창에는 빗방울이 들이치고 있었다. 이 비가 오고 나면 방죽에는 풀빛이 더욱 푸르러질 것이다.

난나는 고백 성사를 보았다.

"신부님, 저는 죄가 많습니다. 날마다 죄를 물 마시듯이 먹고삽니다."

"그렇게 막연히 말하지 마시고, 언제 어디서 어떤 일이 있었는지를 말하시오."

"하느님께도 숨기고 싶은 부끄러운 일입니다. 그러나 하느님께선 우리들의 이불 속 일까지도 훤히 다 알고 계신다고 해서."

"알고 계신다고 해선 안 됩니다. 다 알고 계시는 하느님이십니다. 우리들 마음속의 음모까지도."

"신부님, 지난겨울부텁니다. 우연히 친구로부터 듣고…… 아닙니다. 제 스스로 호기심을 일으켜서 수음을…… 수음을 합니다."

"……."

"신부님께서도 남자니까 이런 짓이 어떤 것인지 알고 계시겠지만, 아니 신부님께선 모르시겠지요……. 아무튼 저는 이 짓을 하지 말아야 한다고 피가 맺히도록 후회하고 또 후회하면서도 다시 저지르곤 합니다."

"……."

"신부님, 또 있습니다. 저는 한 선생님을 좋아합니다. 그 선생님의 알몸을 상상할 때도 있습니다."

"그 선생님이 여자인가요?"

난나는 웃음이 터져 나오려는 것을 참았다. 그럼 남자가 남자의 벌거벗은 모습을 상상합니까, 하고 반문하고 싶었다.

다음 차례를 기다리고 있을 사람이 생각나서인지 신부님은 얼른 보속을 주었다.

"이후부턴 운동을 하시오. 몸의 에너지를 밝은 곳으로 발산하는 것도 중요합니다. 그리고 〈마태오 복음〉 5장부터 7장까지를 읽으시오. 그러면 용서를 받을 것입니다."

성당 문 앞에서 영주가 우산을 들고 서 있었다. 난나는 영주의 우산 밑으로 들어갔다.

영주가 먼저 입을 열었다.

"우리는 우산하고 인연이 있나 봐."

"우산하고?"

"생각 안 나? 네가 신문 배달을 할 적에도 내 우산을 곧잘 빌려 갔잖아."

난나는 싱긋 웃었다. 영주도 따라 웃었다. 담장 위에 앉아 있던 참새 두 마리가 빗속에서 하늘로 날아올랐다.

연탄을 실은 리어카가 지나갔다. 연탄은 비닐을 덮어썼으나 리어카꾼은 그냥 비를 맞은 채였다.

영주는 난나한테 벼르고 있는 말이 있는 것 같았다. 숨을 크게 들이마시는가 하면 아랫입술을 깨물면서 난나를 슬쩍슬쩍 곁눈질하곤 했다.

그러나 난나는 모른 척하고 걸으면서 붉은 벽돌담 너머에서 자욱하게 흰 봉오리를 무수하게 달고 있는 목련 나무를 뒤돌아보았다. 목련 꽃봉오리는 금방이라도 터질 것 같았다.

영주의 팔꿈치가 난나의 겨드랑 밑을 찔렀다.

"뭘 봐."

"아무것도 아니야."

"뭐가 아무것도 아니야. 저건 목련 꽃 아니야?"

"아무것도 아니라니까."

"그런데 왜 얼굴이 빨개져?"

"별걸 다 간섭이야."

"너, 이상한 것 생각했지?"

영주는 난나의 팔뚝을 꼬집었다.

버스가 길게 경적을 울리며 지나갔다. 뒷자리에 빈 소주병 상자를 다섯 개나 포개서 얹은 자전거가 전신주에 기대어 있었다.

영주가 우산을 빙 한 번 돌리고는 말했다.

"요즘 만나기 어려운데 바쁜 모양이지."

"학생인 내가 뭘 바쁠 게 있어."

영주가 또 한 번 우산을 빙 돌렸다.

"난나, 너 조심해."

"무얼?"

"나도 다 알고 있어."

"뭘 안단 말이야."

"너에 관한…… 좋지 않은 소문이 돌고 있어."

"그 소문이 뭔데?"

"너희 학교 여선생을 좋아한다며?"

"누가 그래?"

"내 안테나는 전천후라는 걸 알아 둬."

"그래서?"

"조심하란 말이야."

"조심 안 하면 어쩔 테냐?"

영주가 갑자기 발을 멈추었다. 난나를 쏘아보는 눈에 쌍심지가 돋았다.

"이유나 알자. 그 여우 선생이 어째서 좋니?"

"향기가 있으니까."

"향기 좋아하네. 그건 돈만 있으면 얼마든지 살 수 있는 향수 냄새야."

"아니야. 그런 것하곤 달라. 임 선생님의 향기는 마음에서 나고 있어."

"애가 미쳐도 단단히 미쳤네. 마음의 향기가 어떤 거니? 네 코는 예수님 코니?"

난나는 어금니를 꽉 깨물었다. 비에 젖는 것도 잊고 영주의 우산에서 떨어져 나와 걷고 있었다.

오토바이가 속력을 내서 지나갔다.

난나는 코에서 화약 냄새 같은 것을 느꼈다. 후 하고 내뿜은 입김에

성냥불을 당기면 서커스단의 불꽃 사나이처럼 불이 일어날 것 같았다.
 그런데도 영주는 난나의 뒤를 쫓아오면서 계속해서 종알거렸다.
 "이 병신아. 그 여자 별명이 뭔지 알기나 하니? 광주에서 왜 쫓겨 내려왔는지 알아? 마돈나란다, 마돈나. 그런 여자한테서 나는 향기가 어떻다고? 웃겨. 구린내를 향기래. 네 그 코가 코니?"
 난나는 와락 돌아섰다.
 "이 개 같은 년! 입 닥치지 못해!"
 난나는 그 이후에 일어난 사태에 대해서는 제대로 기억하지 못한다. 토막토막 연결되지 않은 필름만 머릿속에 남아 있을 뿐이다.
 영주의 얼굴에 낭자한 피, 날아가 버린 우산, 쓰러져 있는 영주의 몸, 흩뿌리는 빗발 그리고 발자국들.

# 불 나간 가로등

할머니는 오랜만에 햇빛을 받은 거울 앞에 앉았다. 감은 머리를 수건으로 문질러서 말린 다음 얼레빗으로 빗었다. 줄줄이 빠지는 머리카락을 내려다보면서 한숨을 쉬었다. 검은 머리카락을 찾아보기 어려운 흰머리. 그나마 빠지기나 덜했으면 하고 바라는 머리.

할머니는 꿈속에서인 듯이 머리에 동백기름을 발랐다. 그리고 참빗으로 다시 한 번 빗고 쪽을 쪘다. 꽂으려다 말고, 물끄러미 은비녀를 내려다보았다.

일을 하고 지내다 보면 쪽을 찐다는 것이 여간 귀찮지 않다. 시장에서도 이태 전쯤에는 더러 눈에 띄기도 했으나 지금도 비녀를 꽂는 사람은 할머니 하나뿐이다. 그런데도 굳이 할머니가 머리를 자르지 않는 것은 이 비녀 때문이었다.

머리를 자르고 핀을 꽂으면, 비녀는 노인의 몸에서 그만 물러나야 하는 것이다. 혼인의 증품이며 남편의 손길이 닿아 있는 유일한 이 은비녀가.

할머니는 2층농 속에서 한복을 꺼냈다. 인조 단속곳을 입고, 유똥 치마를 입고, 유똥 저고리를 입었다. 빨랫비누로 씻은 뒤에 윤이 나게 닦아 놓은 흰 고무신을 신었다.

골목에 나온 할머니는 가게 앞에서 발을 멈추었다. 맥주병을 만져 보고, 계란 꾸러미를 들었다가 놓았다.

가게 주인이 말을 붙였다.

"어디다 쓰시려고 그러세요? 할머니."

할머니는 멈칫거리다가 겨우 입을 떼었다.

"글쎄, 우리 손자 녀석이 말썽을 부렸다지 뭐예요. 그래서 학교에서 호출을 받고 가는 길이라오……."

"그렇다면 현금으로 가져가세요. 할머니, 그게 훨씬 낫습니다."

"선생님한테 어떻게 돈 봉투를 내민단 말입니까. 선물이면 몰라도……."

할머니는 식품점을 나와 옆의 건어물 가게로 들어갔다. 멸치를 최상품으로 한 포 달래서 보자기에 쌌다.

할머니는 멸치포를 머리에 이고 양조장을 지나고, 당구장을 지나고, 탁구장을 지났다.

비닐봉지가 날고 있는 빈 터를 지나자 구릉 논이 나타났다.

논의 반쪽은 묵히고 있었으나, 반쪽에서는 미나리가 자라고 있었다. 미나리가 잘 자란 언덕 밑에는 물빛이 해맑은 연못이 있었다.

할머니는 문득 저 연못가에서 심장을 헹구고 싶다는 생각을 했다. 그러면 저 가슴속 깊은 곳의 퍼런 멍이 연못 물을 잉크보다도 더 짙게 할 것 같았다. 남편한테서 들은 멍, 자식한테서 들은 멍, 이젠 손자 녀석한테서까지 멍이 들려고 하고 있다.

학교는 수업 중인지 조용하기만 했다. 누가 흘린 것일까. 할머니는 백로지 한 장이 넓은 운동장을 횡단하고 있는 것을 보았다.

어느 교실에서인지 사내 녀석들이 한꺼번에 웃는 웃음소리가 복도를 타고 흘러나왔다. 저 건강한 웃음소리.

할머니는 3학년 5반이라고 쓴 표찰이 단정하게 걸려 있는 교실 앞에서 머뭇거렸다. 고개를 빼어 들고 유리창 너머로 낯익은 얼굴을 찾았다.

그러나 아무리 훑어보아도 눈이 큰 녀석은 보이지 않았다. 비어 있는 자리 하나. 그럼 저 의자가 녀석의 것이란 말인가. 아침에도 학교에 간다고 도시락까지 가지고 갔는데.

할머니는 먼 산으로 시선을 옮기다 말고 봄볕이 너무 눈부시다고 생각했다. 휘청거리는 발목에 힘을 주고, 조심조심 교무실을 찾아갔다. 마침 3학년 5반 담임은 자리에 있었다.

"선상님, 제가 난나의 할밉니다."

이 말을 하고 나자, 할머니는 갑자기 목에 가래톳이 서는 것을 느꼈다. 아아, 무슨 놈의 팔자가 평생 이렇게 허리 구부리고 빌어야만 하는가.

"아, 그렇습니까. 이거 한번 찾아뵙지도 못하고 이렇게 오시게 해서 죄송합니다."

말총머리 선생은 할머니의 위아래를 훑어보았다.

"선상님도 별말씀을 다 하십니다. 의당 저희가 찾아뵈어야 합지요. 그러나 목구멍이 포도청이라고 벌어먹고 살다 보니 이렇게 늦고 말았습니다."

"할머니, 제가 난나의 일로 뵙자고 한 것은……."

"네, 압니다. 선상님. 제가 잘못 가르쳐서입지요."

"그게 아닙니다. 사실은……."

"선상님, 선상님이 그렇다고 해도 알고, 아니라고 해도 압니다. 제가 너무 무심했습니다. 그러나 무얼 알아야 말입지요. 새벽이면 고기 다라이를 이고 도둑고양이를 내쫓으며 저잣거리에 나가고, 밤이면 개에게 쫓기며 집에 돌아옵니다. 조상 단지도 조왕 사발도 돌볼 틈이 없는 불쌍한 할맵니다. 그러니 녀석이 어떤 길로 빠지는지 도무지 알 도리가 없었습니다. 가방을 들고 다니면 학교에 다니는갑다 하고, 책을 들고 있으면 공부를 하는갑다 합니다."

"알겠습니다. 할머니의 사정은 충분히 이해하겠습니다. 저도 난나를 좋게 보는 사람 중의 하나입니다. 그런데……."

"선상님, 한 번만, 이번 한 번만 봐주십시오. 이 늙은 년한테 벌을 주신다면 무슨 벌이라도 달게 받겠습니다. 저는 그 녀석 하나만 바라보고 삽니다. 그 어린것의 앞길만 꺾지 말아 주십시오. 선상님, 이렇게 빕니다."

"할머니, 일주일 유기 정학이 결정되어 이미 난나는 사흘째 학교에 나오지 않습니다."

"선상님, 그럼 우리 난나가 다시 학교에 다닐 수는 있지요?"

"그러믄요. 공부에는 아무런 지장이 없습니다. 그러니 할머니 너무 상심하지 마십시오."

"선상님, 정말 감사합니다. 이건 변변치 못합니다만 받아 주십시오. 멸치 중에서는 최상품입니다. 시래깃국 끓일 때 넣으면 국이 맛있고, 볶아 먹어도 좋은 반찬입니다. 아닙니다. 선상님. 받지 않으시면 제가 여기서 돌아설 수가 없습니다. 뒤통수가 부끄러워서 어떻게 돌아섭니까."

이날도 난나는 여느 때와 다름없이 골목 안의 가로등 불이 들어올 무렵에야 대문을 밀치고 들어왔다. 가로등이라고 해야 전봇대 중간에 갓을 쓴 전구만이 하나 달랑 달려 있는 것이었다.

다른 때와 달리 토방 위에 올려져 있는 할머니의 신발을 본 난나는 발부리 걸음으로 걸어가서 살며시 방문을 열었다.

"할머니, 어디가 편찮으세요?"

난나는 책가방을 윗목에다 내려놓고, 할머니가 누워 있는 아랫목으로 무릎걸음으로 갔다.

"할머니."

"……."

"할머니!"

"……."

"할머니, 제가 정학당한 것을 아셨지요? 저는 이 세상이 싫어졌습니다. 죽어 버리고 싶습니다, 할머니."

비로소 할머니가 눈을 떴다. 할머니의 눈은 얼마나 눈물을 흘렸는지, 빨갛게 충혈되어 있었다.

"이놈아, 담양 죽순 이야기도 못 들었냐. 포장도로를 만든다고 아스팔트를 발라 놓았는데도 그 아스팔트를 죽순이 뚫고 올라왔다는 얘기

말이다."

난나는 아득히 수직으로 아래로 떨어지다가 위로 솟아오르는 듯한 느낌 속에서 흔들리고 있었다.

"할머니, 죽순의 힘이 정말 그렇게 강한가요? 어떻게 아스팔트를 뚫고 올라올 수가 있지요?"

"약한 것일수록 마음먹기에 따라 무서운 힘을 낼 수 있어. 더러는 돌 절구통이 하찮아 보이는 물한테 깨지기도 하는 법이야."

"어떻게 돌 절구통이 물한테 깨지지요, 할머니?"

"물이 얼음이 되었다가 녹을 때는 당하기도 하지."

"할머니, 나도 죽지 않아요. 구둣발로 목을 밟아도 나는 살아 있어요. 그러나……."

"그러나가 무슨 그러나냐?"

"이상해요. 어떤 땐 거미줄에 목이 감겨도 죽을 것 같은 때가 있어요. 풀잎 하나가 흔들리는 것을 보고도 눈물이 날 때도 있구요."

할머니는 새삼스럽게 손자의 나이를 짚어 보았다. 열여덟 살. 그래, 나도 열여덟 살 적은 그랬었지. 세상이 물안개 속 같다가 진달래 꽃길 같다가, 까닭 없이 숨이 가빠지기도 했던 시절.

난나가 입으로 제 손등을 깨물었다가 놓으면서 말했다.

"할머니, 저는 다시 일자리를 가져야 할까 봐요. 일을 안 하니까 자꾸 다른 생각을 하게 돼요."

"지금은 공부가 네 일이 아니냐?"

"1학기 때는 그랬어요. 그런데 지금은 공부가 시시하게 느껴져요."

"공부가 시시하다고?"

"시시해요. 할머니. 공부해서 뭐 해요? 대학 가고 취직하고, 그리고 또 뭐죠. 할머니?"

"장가가고, 자식 낳고 사는 거다. 왜?"

"그러려고 할머니하고 옥이가 그 고생해서 번 돈으로 내가 학교를 다녀요? 할머니, 나는 그게 싫어요. 마음에 천 근 저울추를 달아 놓은 것처럼 무거워서 견딜 수 없어요."

"그럼 어떻게 하면 좋겠냐?"

"서울로 가고 싶어요. 서울 가서 낮에는 일하고, 밤에는 공부하는 야간 학교를 다녔으면 해요."

"그렇다면 여기서 또 이사를 가자는 거냐?"

"그래요. 할머니 이사를 갔으면 좋겠어요."

할머니는 천장을 올려다보았다. 똑같은 천장 무늬들이 서로 자리를 바꿔 앉는 것 같았다. 그러나 정신을 차리고 똑바로 올려다보면 변하는 것은 아무것도 없었고, 어지럽기만 했다.

"나는 이사 가기 싫다. 낯설고 물선 그런 곳에 가서 어찌 산단 말이냐."

"할머니, 순이네도 이사 갔잖아요. 철이네도 갔구요."

"갈 사람은 가고, 남을 사람은 남는 거지, 친구 따라 무엇 하러 강남까지 간다냐. 나는 여기가 좋다, 선산 가깝고, 친척들 있고. 서울 가면 별수 있다더냐."

"할머니."

"시끄럽다. 천당이란 곳에도 고향 땅이 없다면 가지 않겠다고 네가 말했지 않냐? 서울 갔다가 똥까지 버린 사람들이 얼마나 많다냐."

"할머니, 나는 학교에 정나미가 떨어졌어요. 더 이상 다니기가 정말 싫어요. 차라리 여객선의 화부나 되는 게 좋겠어요."

할머니는 문득 저 녀석이 다른 곳으로 빠지고 있다고 생각했다. 그렇게도 간절히 갈망하던 학교가 아닌가. 그런데 이젠 책가방이 아니라 뱀 가방을 들고 다니는 듯한 표정이다.

할머니는 윗목에 던져 놓은 녀석의 책가방을 끌어당겼다.

"어디, 네 책가방 속 좀 보자."

일찍이 없었던, 생각지도 않은 일이었다. 난나는 놀라서 가방을 붙들었다.

"이놈아, 이 속에 무슨 꿀단지가 들었다고 그러느냐? 어서 이 손 놔라."

"책뿐이어요, 할머니."

"그런데 왜 이 할미한테 안 보이려고 그러냐?"

할머니는 가방 끈을 놓지 않는 손자의 손등을 물었다.

"앗."

"놔라. 이놈. 냉큼 윗목에 가서 무릎 꿇고 앉앗!"

난나는 이제껏 들어본 적이 없는, 할머니의 서릿발 같은 목소리를 들었다. 이 말을 거역한다면 물이라도 갈라 놓을 것 같았다.

할머니는 난나의 가방 속의 것을 하나하나 들어냈다. 영어 교과서와 자습서, 국어, 물리, 세계사 교과서와 노트, 볼펜 두 자루와 연필 한 자루.

그런데 뜻밖에도 할아버지가 지니고 다녔던 패도가 나왔다.

"잘하는구나. 이 칼로 무슨 일을 일으키려고 하느냐?"

난나는 모든 것을 포기한 것 같았다. 꿇은 무릎 위에 고개를 떨어뜨리고 있었다.
　물리 교과서 속에서 벌거벗은 여자 사진이 떨어졌다. 서양 여자로 눈이 파랗고 입술은 별나게도 빨갰다. 노출된 젖가슴도 암소 것만 하고, 엉덩이도 요염하게 생겼다. 손수건으로 가린 듯한 국부.
　할머니는 가슴 벽이 와그르르 무너지는 소리를 들었다. 장마에 외딴 사당의 긴 흙담 무너지는 소리도 이보다는 작은 것이었다. 그리고 마지막으로 가방을 거꾸로 하자 툭 하고 떨어진 것은 담뱃갑이었다.
　"허어."
　할머니는 이제 끝났다고 생각했다.
　"네 이놈! 네놈의 허리끈을 풀어서 이리 내놓아라."
　난나는 할머니가 갑자기 허리끈을 풀어 내놓으라는 말에 어리둥절해했다.
　"이놈아, 어서 네 허리끈을 이리 내놓으래도!"
　아무것도 짐작하지 못한 난나가 허리끈을 풀어서 내밀자, 할머니는 그것을 자신의 목에다 걸었다.
　"자, 이것을 잡아당겨라."
　"할머니."
　"잡아당기래두. 나는 네 손에서 개처럼 죽고 싶다."
　"할머니, 잘못했습니다. 이번 한 번만 용서해 주셔요."
　"용서고 뭐고 듣기 싫다. 나는 이제 모든 것이 끝났다. 집안이 풍비박산이 나도 고추 달린 네놈 하나 믿고 살았다. 오뉴월 뙤약볕 아래 남의 보리 이삭을 주워서 너를 먹여 살렸다. 이놈아, 이 동네 저 동네 개들한테 치맛자락을 물어뜯기며 생선 행상을 한 끝이 이 꼴이란 말이냐. 이놈아! 어서 이 끈을 잡아당겨라."

"할머니, 맹세하겠습니다."

"듣기 싫다. 이놈!"

할머니는 두 손으로 끈을 조였다.

난나가 와락 덤벼들면서 할머니의 손목을 붙들었다.

"할머니, 맹세하겠습니다. 다신 칼 던지는 연습을 않겠습니다. 담배도 입에 대지 않겠습니다. 여자도 생각하지 않겠습니다."

그러나 할머니는 손에 준 힘을 풀지 않았다.

목젖 안에서 거르릉거리는 숨소리가 헉헉거렸다.

"할머니, 전 일곱 살 때 맹세한 것을 지금까지 지켜오고 있습니다. 할머니도 잊지 않으셨겠지요? 갯밭의 상추밭에서 어머니 일을 다신 묻지 않겠다고 했습니다. 그래서 지금까지 어머니 얘길 한 번도 꺼내지 않았습니다. 궁금한 것이 있어도 참았습니다. 보고 싶어도 참았습니다. 어머니 얘기를 일기장에 올린 적도 없었습니다."

도낏자루 같던 할머니의 팔이 부드러워지기 시작했다.

"할머니, 두고 보셔요. 절대 칼을 만지지 않겠습니다. 절대 담배를 입에 대지 않겠습니다. 절대 여자한테 마음을 두지 않겠습니다."

할머니는 이내 기진해서 쓰러졌다.

난나는 밖으로 나가서 사발에 찬물을 떠가지고 왔다.

물을 마신 할머니는 난나를 향해서 손을 저었다.

"나가거라."

"어디로요, 할머니?"

"어디로든. 그건 네가 알아서 할 일이고 일단 내 눈앞에 나타나지 마라."

"할머니, 오늘은 그냥 있게 해주셔요."

"아니다. 나가거라. 나도 혼자 있고 싶다. 무엇을 내가 잘못했는지 나도 생각해 봐야겠다. 그러니 어서 나가거라."

난나는 주먹으로 눈물을 훔치면서 주섬주섬 책가방을 챙겨서 윗목으로 밀어 놓았다.

"할머니, 배가 고픈데요."

그래도 할머니가 꼼짝 않자, 난나는 문을 열고 바깥으로 나갔다.

난나의 발소리가 대문간에서 들리다가, 골목에서 들리다가, 영 들리지 않자 노인은 부스스 일어났다.

영감이 죽을 때도, 자식이 떠날 때도, 소리 내서 울지 못한 울음이었다. 무서워서 그냥 찬물이나 마시면서 참았던 울음이었다.

훗날, 초상이 나서 악을 쓰고 우는 사람들을 보면 마음 놓고 터뜨리는 그 통곡이 부러웠던 할머니였다.

"아이고오, 아이고오……."

할머니는 방바닥에 엎어져서 바위가 녹을 것 같은 처참한 울음을 끝없이 울고 또 울었다.

# 열여덟 살의 시

밤길은 난나의 가슴을 가라앉게 해주었다.
어둠에 차단당한 시야. 그리고 그 시야 속에서 어디론가 뿔뿔이 흩어져 가는 사람들로 하여 난나는 어떤 자유를 느꼈다.
난나는 골목 입구에 있는 빵집의 유리문을 열고 들어섰다.
"밤늦게 웬일이냐."
주인아주머니가 혼자 나타난 난나를 의아하게 쳐다보면서 말했다.
난나는 창가에 앉았다. 멀리 보이는, 바다로 짐작되는 어둠의 공간에 뭉근 숯불 같은 불 하나가 가까이 들어오고 있었다. 밤배이리라. 이 캄캄한 밤중에 뭍에 내리는 사람은 누구일까. 난나는 아주머니에게서 편지지를 빌려 서울의 불이에게 보낼 편지를 썼다.

불이에게.
불이야. 오랜만에 불러 보는 나의 벗아. 지난 추석 네가 내려왔을 때

너와 함께 왔던 빵집의 그 자리에서 이 글을 쓴다.

그날 밤에는 멀리서 징소리가 아련히 들려왔었지. 10리쯤 바같이었을까. 우리가 열심히 귀를 기울이면 들리지 않다가도 무심하게 있으면 들려오던 8월 한가윗날의 그 징소리를 나는 지금 생각하고 있다.

오늘밤은 무섭도록 고요하기만 하다. 심지어 개 짖는 소리도, 아기 울음소리도 들리지 않는 밤이다. 이럴 때는 문득 보고 싶은 얼굴이 있다. 누구인지 아니? 바로 불이 너다.

여수에는 벚꽃이 지금 한창이다. 객사의 토담 밑에는 제비꽃이 오디를 깨문 가시내의 입술 색깔처럼 피어나고 있다. 그러나 오동도의 동백꽃은 송이째 지고 있다. 산보 나온 가시내들은 치마폭 가득히 동백꽃송이들을 주워 담기도 한다.

어제는 종고산 자락에 앉아 있었다. 산토끼가 보리밭 언덕까지 내려와 뽀오얀 회색 털을 자랑하며 뛰어다니는 걸 보았다. 나도 산토끼처럼 깡충거리며 뛰어다니고 싶었다. 그런데 언제부터인가 나는 온통 모든 것이 무겁기만 하다. 보는 것마다, 듣는 것마다 나는 무겁게만 느껴진다.

국민학교 시절, 너와 함께 공중목욕탕에 갔다가 여탕을 기웃거렸다가 혼이 났던 일이 있었지. 벽을 타고 올라갔다가 뜨거운 물벼락을 맞던 일 말이다. 그러나 그때는 날개를 가진 새만큼이나 가벼웠다. 물벼락도 우습기만 했다.

그러나 지금은 다르다. 얼마 전 여선생님이 화단 옆에서 장난삼아서 내 귀를 잡아당겼는데, 흡사 화약불이 와 닿는 느낌이었다. 나는 순간 후 하고 곁의 떡갈나무 잎에 입김을 불었다. 다행히 거기에 불은 댕기지 않았지만, 가을이 오면 어느 잎사귀보다도 먼저 그 잎사귀에 구멍이 생기리라고 나는 믿는다.

불이야. 나는 이 뜨거운 가슴으로 정말이지 부딪치며 살고 싶다.

너처럼 수많은 사람들에게 부딪치면서도 살 수 있는지 한번 시험해 보고 싶다. 길섶에서 뭇 신발 아래 짓밟히고도 꽃을 피우는 민들레처럼 짓밟혀 보고도 싶다.

요즈음 나는 등교 근신 중이다. 사소한 다툼으로 영주를 때렸는데, 그 일이 학교에 알려져서 이런 처벌을 받았다.

첫날은 만성리 해수욕장에서 놀았다. 4월의 해수욕장, 그 쓸쓸함을 알겠지? 황량한 모래펄 그리고 깨진 채로 주둥이만 남아 있는 소주병. 그 모래펄 위에 손가락으로 네 이름을 써보았다. 그리고 내가 좋아하는 여선생님의 이름을 썼다가 지우기도 했고, 사랑, 미움, 희망, 절망, 평화, 전쟁, 아침, 노을, 이런 낱말을 쓰기도 했다. 그러나 그 어떤 이름보다도 낱말보다도 영희의 이름은 돌에라도 새기듯이 크고 깊게 썼다. 영희는 내게 눈물 없이는 쓸 수 없는 이름이다. 그리고 내 손으로는 지울 수 없는 이름이기도 하다.

둘째 날은 종고산에 올라가서 하루 내내 누워서 지냈다. 뻐꾸기 울음소리를 들으며 시름시름 잠 속으로 빠져 드는데 기적 소리가 들렸지. 나는 일어나서 서울을 향해서 떠나는 기차를 하염없이 내려다보았다.

셋째 날인 오늘은 흥국사에 다녀왔다. 너를 생각하면서 종루에도 올라가 보았다. 담뱃불을 붙여서 도장 누르듯 가만히 큰북 가장자리에 표시를 해두었다. 그러나 무엇을 위한 표시인지 내 자신도 알 수 없었다.

난나는 편지가 엉망이라고 생각했다. 정작 할 말은 따로 있는데 엉뚱한 사연만 늘어놓은 것 같았다. 특히 할머니한테 여자 생각을 않기로 약속한 지 한 시간도 안 되었는데, 편지는 불경스럽게도 여선생님까지 들먹이고 있었다.

　난나는 편지를 찢어서 쓰레기통에 넣었다. 빵집을 나오자 갑자기 갈 곳이 막연해졌다.

　"그래, 역으로 가자."

　난나는 역으로 가는 버스를 탔다. 자정이 가까워서인지 버스에는 손님이 난나까지 해서 모두 네 사람이었다. 가방을 가진 한 여자와 두 남자와.

　술에 젖은 두 남자는 일행인 것 같았다. 각기 마른 조기 한 두름씩을 안고 있었다.

　난나는 역에서 내렸다. 스피커에서는 약간 코 먹은 소리로 서울행 통일호 열차의 개찰을 시작한다는 방송이 반복되고 있었다.

　난나는 전송할 사람이라도 있는 것처럼 대합실로 들어갔다. 사람들의 웅성거림 속에 서자 갑자기 난나는 불안해졌다.

　난나는 밖으로 나와서 공중전화 박스를 찾았다. 다이얼을 돌렸으나 전화를 받지 않았다. 저 혼자서 외롭게 울리는 전화벨이 난나를 더욱 불안하게 했다.

　난나는 동전을 거두어 가지고 다시 대합실로 들어갔다. 막차가 출발한 대합실은 서서히 비어 가고 있었다.

　난나가 의자에 엉덩이를 붙이려고 했을 때 역무원이 나타났다. 장의자 위에 길게 누워 있는 거지부터 깨웠다.

"자, 나가시오. 이젠 문 닫습니다. 우리도 자야 할 거 아니오. 자, 자, 어서 나가시오."

바깥으로 쫓겨난 난나는 다시 전화기에 동전을 넣었다. 이번에는 첫 신호에 저쪽이 나타났다.

"여보세요."

순간 난나는 목이 메었다.

"여보세요, 말씀하세요."

"선생님."

"어머, 누구지?"

"선생님, 난납니다."

"난나, 네가 웬일이니? 이렇게 밤이 늦었는데, 지금 거기가 어디니?"

"역이에요, 선생님."

"왜 거기 있니? 너 혹시 서울로 도망가려는 것은 아니지?"

"걱정 마세요, 선생님. 그냥 와본 거예요."

"그럼 어서 집으로 가야지."

"집에는 갈 수 없어요."

"왜? 옳지, 할머니한테 야단맞은 게로구나. 갈 데 없으면 우리 집으로 올래?"

"괜찮아요, 선생님."

난나는 얼른 수화기를 내려놓았다. 그러고는 전화 박스에서 나오면서 입속으로 가만히 말했다.

"안녕히 계세요, 선생님."

난나의 발길은 저도 모르게 향교로 향하고 있었다.
　향교는 예나 다름없었다. 대문 앞을 부옇게 밝히고 있는 외등과 잔바람이 걸리고 있는 대밭.
　난나는 대문을 살며시 밀고 안으로 들어갔다.
　마당 역시 휑하게 비어 있었으나, 모란의 꽃 대궁이 올라오는지 부연 안개 같은 불빛 속에서 향기가 가득히 흐르고 있었다.
　난나는 박정구 대학생이 묵었던 문간방 방문을 열고 들어가서 아랫목에 누웠다. 손을 뻗혀 어둠 속에서 집히는 신문지를 펴서 배를 덮었다.

# 별 하나와 여선생님

난나는 멀리 하늘 저 안쪽에 아스라이 떠 있는 작은 별 하나를 보았다. 난나가 눈을 주자 별은 더욱 밝게 반짝거렸다.

난나는 저 별은 향교 대학생 아저씨의 별이라고 생각했다.

— 아저씨, 그동안 어디 계셨어요?

— 어디 있기는 어디 있어, 늘 이 자리에서 너를 지켜보고 있었는데.

— 미안해요, 아저씨. 전 그걸 몰랐어요.

— 괜찮아. 외롭고 고통스러울 때 날 찾아와. 나와 얘기하면 위안이 될 수도 있겠지.

— 아저씨, 전 늘 혼자여요. 무엇인가가 늘 끓고 있어요.

— 그렇다면 내가 들려준 시 중에서 가장 짧은 시를 외워 봐도 좋겠지.

— 누구시지요? 아, 생각났어요.

난나는 가만가만 시를 읊었다.

성이여
계절이여
상처 없는 영혼이 어디 있으랴.

— 그래, 난나야, 이제부턴 너도 성을 가질 나이가 되었어. 계절 속에 네 피도 넘칠 것이다.
— 아저씨, 어디에 내 성이 있지요?
— 네 마음속에 이미 있어. 계절도 그렇고.
난나는 뜬눈으로 밝아 오는 새벽을 맞았다. 새들이 수런거리기 시작하면서 날이 새기 시작했다.
난나가 집에 돌아와 보니 할머니는 시장에 나가고 없었다. 방 아랫목에 깔아 놓은 이불을 들추자, 난나의 밥그릇과 내복이 따뜻하게 놓여 있었다.
놋 식기는 할머니의 정성과 온기를 그대로 간직하고 있었다. 한가한 날이면 헌 가마니 위에다 쌓아 놓고 기왓장 가루로 닦고 또 닦아서 스러져 버린 빛을 살려내던 할머니의 유기그릇들. 그 그릇에 밥을 담아 이불 속에 묻어 두고 간 할머니.
난나는 놋 식기에 두 손을 얹었다. 그러자 할머니의 젖가슴 감촉 같은 따스한 온기가 살갗을 타고 조용히 전해져 왔다.
난나는 두 손바닥을 미닫이문 앞에서 살며시 펴보았다. 난나의 손안에 올라온 햇살이 보리밭 가운데 서 있는 할머니 모습을 떠올리고 있었다.

머리에 하얀 명베 수건을 쓴 할머니는 시퍼런 4월의 보리밭 둔덕에서 봄나물을 뜯다 말고 허리를 펴서 먼 산을 바라보고 있었다. 할머니의 어깨 너머로 지고 있는 저녁놀.

아아, 할머니.

난나는 목이 메는 것을 느끼면서 밥을 먹었다. 밥을 먹고 난 다음에는 내복을 바꿔 입었다.

난나는 반닫이 옆에 걸려 있는 할머니의 헌 저고리를 내렸다. 방바닥에 누워 할머니의 저고리로 얼굴을 덮었다. 할머니의 저고리에서는 생선 비린내도, 미역 냄새도 났지만, 그러나 난나한테는 좋기만 한 할머니 냄새였다.

할머니 냄새를 맡고 있는 동안, 난나는 스멀스멀 잠 속으로 끌려 들어갔다. 그것은 햇솜에 물이 배는 것 같은 졸음이었다.

난나는 아스라이 "하나, 둘" 하는 소리를 들었다. 그리고 "셋, 네엣" 하는 여린 목소리들도 들었다. "칙칙" 하자 "폭폭" 했다. "돼지" 하자 "꿀꿀" 했다. 인근 유치원의 아이들이 소풍을 가는 것이리라.

10년 전의 모습, 갯밭의 탱자나무 울타리 아래를 지나가던 아이들이 떠올랐던 것이다.

탱자 꽃이 피었습니다.

탱자 꽃이 피었습니다.

난나가 눈을 떠보니 미닫이의 창호지를 통해서 들어온 햇살이 방 윗목에까지 들어와 있었다.

포르르포르르 파리 한 마리가 나는 소리가 공기를 진동시킬 뿐 주위는 너무도 고요했다.

　난나는 가슴 위에 두 손을 올려 심장이 뛰는 소리를 한참 동안 손을 통해서 들었다.

　― 이렇게 너는 항시 뛰고 있구나.

　난나는 새삼스럽게 가슴을 두 손으로 쓸어 보았다. 이번에는 두 손을 머리 위로 올렸다. 둥근 앞이마 부분과 튀어나온 뒤통수를 만졌다.

　― 오랜만이야.

　난나는 머리카락들에게도 인사를 나누었다. 귀와 눈과 코와 입에게도. 목도 쓰다듬어 보았다. 갈비뼈를 하나하나 짚어 보고, 허벅지 사이를 쓸어 보고, 무릎을 거쳐 발목으로 그리고 새끼발가락에 이르기까지 일일이 더듬어 보았다.

　― 아름다운 풍경을 많이 보여 주지 못해 미안하다.

　― 향기를 조금밖에 들여보내지 못해 미안하다.

　그러자 그들은 일제히 난나를 향해 말했다. 그것은 절실한 요구였다.

　― 네가 학교 다니는 동안 우리는 너무도 갑갑했다. 바깥으로 좀 데려가 다오.

　난나는 한 시간이나 걸어서 교외의 들녘으로 나갔다. 들녘은 봄기운이 충만했다. 보리에 동이 오르고 있었고, 파꽃이 피어나고 있었다. 종달새가 공중에 높이 솟구치고 있었고, 백로가 목을 빼어 못자리를 둘러보고 있기도 했다.

　이 들녘은 난나가 임 선생님과 함께 왔던 곳이기도 했다.

　작년 늦가을의 일이었다.

그때 임 선생님은 냇가에 앉아 시들어 가는 풀잎을 한 움큼 따서 물 위에 뿌렸다.

"난나야, 아시시의 프란체스코 성인을 아니?"

"네, 알아요. 제가 가장 좋아하는 분이시지요."

"그 성인의 어떤 점을 좋아하니?"

"작은 것을 사랑하는 마음입니다."

"구체적으로."

"어느 날 이런 들길을 걸었다고 해요. 그러다가 길섶에 피어난 한 떨기 풀꽃이 하도 예뻐서……."

"난 그 얘긴 모르는데."

"선생님은 어떤 이야기를 아시지요?"

임 선생님은 곧장 대답하지 않은 채 무엇인가를 골똘하게 생각하는 듯하다가 이내 머리를 흔들며 말했다.

"욕정이 일자 장미 꽃밭에서 굴렀다는 얘기. 그분은……."

"그런데요?"

"그런데 장미들이 전부 가시를 거두어들여서 몸에 생채기 하나 생기지 않았다는구나."

"그건 얼른 믿기지 않는데요."

"그럼 네 이야기는 믿을 수 있는 것이니?"

"네, 풀꽃이 하도 예뻐서 꺾으려는 찰나 그분한테 이런 생각이 떠올랐다는 거예요."

"무언데?"

"이 풀꽃 하나를 가지려는 너도 큰 도둑이다, 하는."
"그래, 옳은 말씀이야."
"그 순간 그분은 입을 벌려서 숨을 한 번 내쉰 다음에 이렇게 말했어요."
"무어라고?"
"풀꽃 자매여, 하마터면 큰일을 일으킬 뻔했구나. 나를 용서해 다오."
"멋있구나!"
"그러자 그 풀꽃은 향기를 전부 내어서 그분을 멀리멀리 배웅했다고 합니다."
"그렇고말고, 그건 정말 진짜 같은데."

임 선생님의 미소가 난나 얼굴 가까이 다가오다가는 흐려졌다. 아지랑이의 흔들림처럼.


난나는 양말을 벗었다. 바위에 걸터앉은 채로 냇물 속에 발을 담갔다. 조약돌로 발뒤꿈치를 문지르자 잔물결이 일었고 눈쟁이들이 몰려들었다.

그것들은 난나의 하얀 발가락을 콕콕 쪼아 보고는 물러갔다.

난나는 햇살이 사태처럼 무너져 오는 것을 느꼈다. 난나는 천천히 윗옷을 벗었다. 바지를 벗었다. 러닝셔츠를 벗고 팬티를 벗었다. 추웠다. 그러나 냇물 속으로 뛰어들어 물속에 가만히 누웠다. 4월의 냇물은 너무나 차가웠다. 그러나 참으로 오랜만에 실오라기 하나 걸치지 않고 들어가 본 노천의 물속이었다. 그것도 한낮의 냇물에.

물살이 흐르면서 거웃이 물풀처럼 살랑거렸다. 난나는 손가락 사이로, 발가락 사이로 빠져나가는 물살을 느꼈다. 그리고 겨드랑이 밑으로 지나가는 피라미를 보았다.

— 나는 마음을 부려 버렸다. 나는 아무것도 아니다. 나는 물풀의 이웃이며 피라미네의 일시적인 쉼터일 뿐이다.

난나는 온몸이 시려 왔다. 냇물 속에서 몸을 일으켜 허수아비처럼 두 팔을 벌리고 섰다. 참새가 두세 마리 머리 위를 지나가며 재재거렸다. 머루나무 이파리들을 스쳐 온 바람이 난나의 알몸을 쓸어 보고 지나갔다.

방죽 위로 자전거를 타고 머리칼을 날리며 난나를 힐끗 보면서 지나가는 사람이 있었다. 그러나 '나는 아무것도 아니다'라고 생각하는 난나는 부끄러움이 없었다. 악마가 와도 끌어갈 빌미가 없는 몸뚱어리에 물잠자리가 한 마리 앉으려다가는 날고, 앉으려다가는 날고 할 뿐이었다.

그렇게 얼마를 있었을까. 난나는 문득 들녘 저 멀리에 나타나는 깃발 같은 것을 보았다. 그리고 끊길 듯이 들려오다가는 흩어지고, 흩어지다가는 들려오는 어떤 소리를 들었다.

난나의 시야에 점점 확대되어 들어오는 깃발 같은 것은 만장이었다. 소슬바람에 자주 끊기던 소리는 만가였다.

산천초목 젊어 가는데
인간만이 늙어 가네
어노어노 어이 가리어노.

황천길이 멀다 해도
문턱 밑이 황천일세
어노어노 어이 가리어노.

난나는 멀어져 가는 요령 소리를 놓치지 않으려고 귀를 기울였다. 그러나 자동차 소리가 요령 소리를 묻어 버렸다.
"이 새끼야!"
난나는 불같은 분노를 느끼면서 신작로를 향해서 돌을 집어던졌다.

# 쑥갓과 엉겅퀴

　세상의 공기는 날로 무거워져 갔다. 수의사 아저씨는 난나가 찾아가도 별로 말이 없었고, 우체부 정 씨 아저씨는 자전거 페달 밟는 다리에 힘이 없는 것 같았다. 지난가을에는 '더덕 먹는 모임'도 걸렀다.

　난나가 버스에 오르자 그들은 기다렸다는 듯이 난나 곁으로 슬금슬금 모여들었다.
　"오랜만이야."
　"왜 그렇게 볼 수가 없어? 우리는 네놈이 서울로 날라 버린 줄 알았지."
　다음 정류장에서 한꺼번에 많은 여학생들이 올라오자 그들은 난나를 뒤쪽으로 밀어붙였다.
　"왜 이래?"
　"이야기 좀 하자고."
　"나는 다음 정류장에서 내려야 해."

"왜? 관문동으로 이사했어?"

"아니야. 가축병원에 들를 일이 있어서."

"좋아하네. 누구 맘대로."

뒷자리에서 노려보고 있던 영판이가 난나의 팔을 붙들었다. 난나가 뿌리쳤으나, 영판이의 손은 그의 별명인 뺀찌처럼 꽉 붙들고 놓지 않았다.

난나는 아무래도 오늘은 결판을 내야겠다고 생각했다.

버스가 오르막길을 오르는지 승객들이 뒤쪽으로 밀렸다. 그 사이를 이용해서 영판이네들은 더욱 뒤로 밀리는 척하다가, 버스가 내리막길에 이르자 난나를 앞쪽으로 밀어 버렸다.

난나는 여학생들 틈에서 허우적거렸고, 여학생들은 비명을 질렀다.

난나한테 옆구리를 받힌 여학생은 몸집이 장독 같았다.

"이 새끼야, 눈깔을 똑바로 떠. 엉덩이로 한 번 칠감도 안 된 새끼가."

승객들이 와 웃었다.

난나는 가슴 밑에서 치밀어 오르는 덩어리를 꾹 눌렀다. 오늘은 어떤 격랑이 일어도 참아야겠다고 마음먹었다.

난나가 가방을 추스려 들자 영판이가 다시 난나의 팔을 잡아끌었다.

"난나야, 방향이 틀렸다. 앞가슴 쪽으로 엎어져야 우유라도 얻어먹지."

"이 손 놔."

"참으라니까. 저 절구통한테 깔리면 머리통이 박살나."

주변에서 다시 웃음이 일었다.

난나는 손잡이를 잡은 채 창 너머로 눈길을 던졌다. 가로수의 푸른 잎을 보자 가슴이 다소 열리는 것 같았다.

　영판이네 패들과는 지난해 초겨울부터 어울렸다. 2학기에 들어와서 짝이 된 상기로 인해서 알게 된 사이였다. 어디서 구해 오는지, 수업 시간 중에도 핑크 빛 미국 잡지를 넘겨주곤 했다. 저녁이면 난나네 집이 있는 골목에 와서 주먹 휘파람으로 뻐꾸기 울음소리를 내어 난나를 불러냈다.

　탁구장에 모여서 탁구 게임을 했고, 분식집에 들러서 라면을 시킨 다음에 담배를 피웠다. 그러다가 어느 날 탁구장에서 상고생들과 패싸움이 벌어졌는데, 그때 난나도 한몫을 했다.

　난나는 할머니한테 참고서 산다는 거짓말을 하고는 돈을 타내 게임비로도 쓰고 라면도 샀다. 담배를 숨겨 가지고 변소에 가서 피우기도 했다. 발로 머리 높이의 나뭇가지를 차는 연습을 하기도 했고, 모래를 가득 담은 자루를 감나무에 달아 놓고 주먹을 다지기도 했다. 그러나 이젠 여자 생각은 물론 칼 던지는 연습도 하지 않고 담배도 끊을 것을 할머니에게 맹세했다.

　버스가 종점에 닿자 영판이네 패들은 난나를 에워싸고 맨 나중에 내렸다. 폐차 처분한 버스 속으로 끌고 들어가려는 것을 난나가 버티면서 산 밑으로 가자고 했다.

　산 아래 효각 앞에서 모이기로 한 '더덕 먹는 모임'을 알 리가 없는 영판이가 순순히 방향을 바꾸었다.

　그러나 효각을 멀찍이 바라보는 공동묘지에서 영판이의 주먹이 난나의 복부를 향해 날아왔다. 상기의 발길 또한 난나의 옆구리를 질렀다.

"이 새끼야, 팽나무에 새겨 놓은 우리 일곱 이름 가운데서 네 이름 하나만 돌로 까뭉갰다고 우리 관계가 청산되는 건 아니야."

"배신자는 죽여야 해."

"가만, 가만있어. 판사가 언도를 내릴 때도 피고인 진술은 들어야 하는 거야. 말해 봐. 너 왜 우리 뺀찌 클럽에서 빠지겠다는 거냐? 이율 말해 봐."

난나가 말했다.

"우리 할머니한테 맹세했어."

"그럼 우리 맹세는 뭐야?"

누군가의 주먹이 난나의 턱을 쳤다. 난나의 눈에 불꽃이 일었다. 난나가 순간적으로 들이민 머리에 누군가가 받혀 넘어졌다. 난나는 어깨를 끌어안은 녀석의 배를 팔꿈치로 찔렀다.

순간, 난나는 영판이가 걸어 당기는 발에 앞으로 몸뚱이가 고꾸라졌다. 난나는 순간 맞아 주자고 생각했다. 대항은 계속되는 싸움일 뿐이었다. 불이와도 방과 후에 학교 뒷산으로 올라가서 7일 동안 싸웠지만, 끝장을 낼 수 없었다.

얼마나 지났을까. 난나는 달려오는 둔탁한 발소리를 들었다.

"네 이놈들!"

쓰러져 있는 난나를 알아본 사람은 우체부 정 씨였다.

"난나가 아니냐?"

"네. 아저씨, 저예요."

"이놈아, 이게 어떻게 된 일이냐?"

"아저씨, 전 괜찮아요."

"괜찮다니, 입술이 돼지 주둥이가 됐다, 이놈아."

우체부 아저씨는 난나를 일으켜 세워 옷의 흙을 털어 주었다. 그러고는 흰 마스크를 했다.

흰 마스크를 한 우체부 아저씨가 꿀벌 할아버지와 반갑게 악수를 했다. 꿀벌 할아버지는 우체부 정 씨를 쳐다보며 껄껄껄 파안대소를 했다. 옆에 서 있던 수의사 아저씨도 무엇이 그렇게 유쾌한지 한껏 입을 벌려 웃어 젖히며 말했다.

"넉 달 전부터 떨어진 날벼락인데, 진작 그럴 일이지……."

우체부 아저씨가 계면쩍은 듯이 머리를 만지작거리며 말했다.

"긴급 조치…… 그렇지요? 하하하, 그런데 그게…… 요즘 유행하는 독감은 너무 오래 간단 말이에요. 그래서 아예 마스크를 해버렸어요."

꿀벌 할아버지가 낮은 목소리로 말했다.

"독감도 철이 지났지……. 말은 하고 싶은데, 하지 말라니…… 말하는 것만으로도 감옥에 보내겠다니 어떻게 하겠소. 터진 입이 말을 하는 것은 자연의 이치이니, 강제로라도 저렇게 막아야 하지 않겠소. 1호, 2호, 3호, 4호…… 얼마나 나올는지."

"숫자는 무한하니 무한히 계속되겠지요."

수의사 아저씨가 자신의 전공다운 발언을 했다.

"글쎄요, 쥐 한 마리가 방죽을 무너뜨리고 대양의 대범선을 난파시킨다고 하지 않습니까?"

꿀벌 할아버지가 주위의 돌멩이들을 치우며 말했다.

"남의 눈에 피눈물을 흘리게 하면, 자기 피로 자기는 물론이고 처자까지 피 목욕을 시키겠지요."

황토 먼지를 일으키는 바람이 불었고, 무덤 옆의 소나무가 온몸으로 바람을 받았다.

그들이 돗자리를 깔고 소주병을 따는 사이에 난나가 도랑물로 얼굴을 씻고 돌아오자 소주잔이 불쑥 난나 앞으로 내밀어졌다. 꿀벌 할아버지였다.

"자, 받아 마셔라. 술은 어른들한테 배워야 술주정이 귀여워지는 법이다."

"소주는 처음인데요."

"그러니까 받아 마시라는 말이다. 그래, 그래, 눈 딱 감고 목 너머로 털어 넣으면 돼. 이 세상살이가 괴롭지 않은 사람은 성인과 광인밖에 없다는 말도 있다."

난나는 산봉우리 위에 머물고 있는 흰 구름을 보았다.

가축병원 수의사가 흐느끼고 있는 난나의 어깨 위에 손을 얹었다.

"울어라. 울 때는 용암처럼 뜨겁게 울어라. 그렇게 인생을 배우는 것이야말로 청춘의 특권이다."

솔밭을 달려 나온 바람 소리에 난나의 울음소리가 어우러졌다. 울음은 한번 터져 나오자 꾸역꾸역 밀려 나왔다. 그렇게 한참 울고 나자 속이 편해졌다.

맑아지는 시야 속에서 난나는 한 떨기 제비꽃을 보았다. 잔디 가운데서 머리를 갸우뚱하고 난나를 내다보고 있었다.

꿀벌 할아버지가 난나의 눈을 들여다보면서 말했다.
"네 눈 속에 눈부처가 들어 있구나."
"눈부처가 무엇인데요?"
"눈동자 속에 동그랗게 비치는 사람 모습이지."
"지금은 누가 비치고 있어요, 할아버지?"
"나와 제비꽃이구나, 아니 나와 흰 구름으로 바뀌었구나."
난나는 무심코 솔잎을 따서 입에 물었다. 솔 냄새가 입 안을 가득히 채웠다.
"우리가 네 학비를 다소나마 돕고 있는 것은 공부 잘하라는 것보다는……." 수의사가 바구니 속에서 꿩을 내놓으면서 말했다. "사람다운 사람이 되어 달라는 바람 때문이다. 난나야, 개미를 무참히 죽일 수 있는 사람은 사람도 무참히 죽일 수 있는 것이다. 우리는 너의 마음속에서 싹트고 있는 아름다움의 씨앗을 살리고 싶을 뿐이야. 그러니까 네가 개미를 죽이고, 새 새끼를 죽이고, 송아지를 죽이고, 그러다가는 끝내 사람까지 죽이는 그런 사람보다는 네가 풀 한 포기를 살리고, 새 한 마리를 살리고, 노루 한 마리를 살리고, 마침내 사람 하나를 살리게 되는 그런 청년으로 성장하도록 돕는 것이 우리 모임의 의무야."
꿀벌 할아버지가 말을 이었다.
"이제 너는 소년에서 청년의 문턱으로 들어서고 있다. 네 뜨거운 핏속에는 바위까지도 녹일 힘이 있다. 무엇을 걱정하고 무엇을 두려워하느냐. 설혹 약간 옆길로 빠졌다고 해도 청춘은 아름다운 것이다."
우체부 정 씨가 난나에게 꿩을 안겨 주었다.

"날개에 공기총을 맞고 떨어져 있는 것을 수의사 아저씨가 치료했다는구나. 자, 날아갈 수 있는지 한번 날려 봐."

난나는 5월 하늘 높이 꿩을 날렸다. 그러자 꿩은 푸드덕 날아오르면서 난나 앞에 깃털 하나를 떨어뜨렸다.

꾸엉꾸엉 하면서 꿩이 숨어든 솔밭 너머로 해가 뉘엿뉘엿 지고 있었다.

그들은 술이 얼근해지자 언성을 때때로 높이기도 하면서, 난나도 관심을 보였다가 할머니에게서 할애비, 애비 피는 못 속인다는 푸념을 들었던 낱말들을 들먹였다. '김대중', '납치', '유신', '긴급 조치', '독재', '박정희', '통일', '경제 발전', '데모' 등의 낱말이 그들의 대화에 등장했다.

그리고 끝에는 '아름다운 청년' 향교 대학생의 이야기가 나왔다.

# 아버지, 안녕

난나는 간혹 마음이 쓸쓸해질 때면 큰솥학교 터를 찾아가곤 했다. 운동장은 이미 밭이 되었지만, 거기에서 보면 하늘은 더 푸르른 것 같았다. 이웃 농장의 창고로 쓰이고 있는 교사도 난나에게 남다른 의미를 챙겨 주었다.

어두운 밤, 각자가 일터에서 돌아와 졸음과 배고픔을 참고 받던 수업. 선생님들이 사와서 나눠 주던 호떡이며, 교장 선생님이 손수 따라 주던 우유 한 컵. 먼 하늘의 별에 닿을 만큼 소리 높여 부르던 노래들.

이번 토요일 오후에도 난나는 큰솥학교 터를 찾아갔다.

올해는 운동장에 콩이 자라고 있었다. 난나는 여느 때처럼 콩밭 고랑을 지나서 비스듬히 기울어져 있는 농구대에 솔방울을 공처럼 던져 넣었다. 교사의 흙벽돌을 하나씩 하나씩 손으로 짚으며 걸었고, 화단의 풀을 뽑기도 했다.

지난겨울, 눈 오던 날에 와서 판자문에 새겨 놓은 '큰솥 교장 선생님'이라는 글자를 확인해 본 뒤에 바다가 내려다보이는 언덕으로 올라갔다.

그러나 늘 난나가 앉아 있곤 했던 소나무 아래에 먼저 온 사람이 있었다. 때마침 불어오는 바람에 긴 머리카락이 어깨에서 한 번 일어났다가 가라앉았다.

난나는 하마터면 아 하고 소리를 지를 뻔했다. 임 선생님, 틀림없는 임 선생님이었다.

인기척을 느낀 임 선생님 또한 뒤를 돌아보았다. 우뚝 서 있는 난나를 발견한 임 선생님은 이내 병아리 털 같은 엷은 미소를 지었다.

"여기에는 웬일이니?"

"제가 선생님께 묻고 싶은 말인걸요?"

"그럼 넌 여기 자주 오니?"

난나는 고개를 끄덕였다. 임 선생님이 손짓해 주는 옆 자리에 살며시 앉았다. 난나의 발길에 차인 큰 돌멩이가 언덕 아래로 사라졌다. 비탈을 타고 구르는지, 돌멩이 굴러가는 소리가 잠시 계속되고 있었다.

돌멩이 구르는 소리가 그치자 임 선생님이 난나한테 물었다.

"여기엔 왜 오니?"

"마음이 평화로워지니까요."

"왜 하필이면 여기 와야 난나의 마음은 평화로워질까? 고통스럽던 날의 기억 때문일까? 아니면?"

"맑기 때문인 것 같아요."

"맑기 때문이라니? 구체적으로 어떤 것이지."

"이곳 큰솔공민학교를 생각하면 어느 것 하나 맑지 않은 것이 없어요. 노을과 별빛과 달빛, 찬바람과 배고픔, 그리고 이 벼랑 아래에서 울던 부엉이 울음소리도요."

"정말 그래. 우리들 선생들도 그때는 오직 나누고자 하는 사랑에 정열을 불태웠지. 그러나 지금의 나는 너무도 속된 이 세상의 여자가 되어 버렸어."

난나는 향교 대학생 이야기를 꺼내려다가 스스로 흠칫 놀라며 화제를 그대로 끌고 갔다.

"지금은 비록 폐교가 되었지만, 여기에 오면 가슴속에 솔바람이 실리는 것을 느끼곤 해요. 어떤 날은 풀잎 기우는 소리까지도 들리는 것 같은걸요."

잠시 동안 둘 사이에는 침묵이 흘렀다. 그들은 바다 가운데 떠 있는 철선만 묵묵히 바라보고 있었다. 임 선생님 역시 향교 대학생 친구를 생각했을 것이다.

소나무 가지에 참새가 한 떼 날아와 앉았다. 한동안 왁자지껄 떠들더니 어디론가로 떠났다.

임 선생님이 입을 열었다.

"난나는 부모님과 떨어져 산다고 했지?"

"떨어져 산다기보다는 함께 살 수가 없는 처진걸요."

"왜? 어머니와 아버지가 별거하고 계시니?"

난나는 아무렇지도 않은 듯이 대답했다.

"아버지는 행방불명된 지 오래되고, 어머니는 다른 사람과 재혼을 했어요."

난나는 돌멩이를 집어서 벼랑 아래로 던졌다. 곧바로 바닥에 떨어져 버렸는지 이번에는 구르는 소리조차 들리지 않았다.

난나는 임 선생님에게 달무리가 갯밭 고향 집 담장 위의 박꽃처럼 하얗게 서쪽 하늘에서 원을 그리고 사방이 죽은 듯이 고요하던 지난 겨울밤에 꾼 아버지의 꿈 이야기를 했다.

"오빠! 오빠!"
새 소식을 전할 때면 늘 옥이는 숨이 가빴다.
"왜 또 그래?"
"아빠가……."
"누구네 아빠가 어떻다는 거야?"
"누구네 아빠가 아니고 우리 아빠가, 오빠!"
"뭐라구? 우리 아빠라구?"
"그래 오빠! 우리 아빠가 오셨단 말이야."
난나는 어지러움을 느꼈다. 돌팔매에 머리가 터졌던 때처럼 땅이 기우뚱거리는 것 같았다.

"오빠, 아빠는 벙어린지 아무 말씀도 안 하셔. 할머니가 시키는 대로 내가 절을 했는데도 그냥 물끄러미 바라보고만 계셨어."
"절을 했단 말이야, 그 원수한테."
"오빠, 아빠가 우리의 원수야?"
"그래. 원수지. 아버지는 우리 편이 아니야. 우리가 이 고생을 하는 것도 아버지 때문이란 말이야."

그 사람은 우물가에서 운동화를 빨고 있었다. 난나는 그를 무시한 채 난폭하게 신을 벗고 방 안으로 들어갔다. 뒤따라온 할머니가 한숨을 섞어서 말했다.

"미운 것으로 말하면 나도 네 마음 못잖다. 그러나 우리는 피가 같다. 원수 놈의 피, 그 피가 서로를 부르는 사이여."

난나는 컴퍼스의 침으로 앉은뱅이책상을 찍었다.

"닷새 있다가 다시 간다는구나. 하늘나라에서 휴가를 얻어 나왔다는 거여. 그러니 있는 날 동안이라도……."

할머니는 치마 끝을 뒤집어 코 밑을 훔쳤다.

"네가 정 싫어한다면 건넌방에서만 지내겠다고 한다. 그게 좋겠냐?"

난나는 고개를 끄덕였다. 할머니는 푸념을 하면서 밖으로 나갔다.

"그 애비에 그 자식이라더니, 인정머리 없기는 원, 차돌 같은 종자들이다. 너희는."

난나는 빠끔히 열린 문 틈으로 우물가를 내다보았다. 여전히 운동화를 빨고 있는 짧은 머리의 아버지. 그가 이번에 빨고 있는 것은 난나의 헌 운동화였다. 난나는 쾅 소리가 나게 방문을 닫았다.

옥이가 우물가로 가려는 것도 막았다.

"저 사람한테 가면 죽여 버릴 테야."

"오빠는 아빠가 불쌍하지도 않아?"

"악질이야. 저 사람은."

"아니야, 오빠. 아빠는 그런 사람이 아니야. 우리의 더러운 운동화까지 빨아 주시는걸. 저런 마음을 가졌는데 어째서 아빠가 우리 편이 아니야?"

"모르면 가만히 있어!"

그러나 난나의 눈앞에서도 자신의 헌 운동화를 빨고 있는 아버지의 모습이 영 지워지지가 않았다. 아버지의 옷자락에 매달려서 그냥 실컷 울어 버리면 속이 시원할 것 같았으나, 난나는 이를 악물고 참았다.

반듯하게 깎은 연필 한 자루를 들고 방 안으로 들어오며 옥이가 호들갑을 떨었다.

"오빠. 여길 봐, 연필이 예쁘게 깎여 있다."

"누군 연필 깎을 줄 모르나 뭐."

"그래도 오빠는 이렇게 예쁘게 깎지 못하잖아."

난나는 옥이에게서 연필을 낚아채어 연필심을 방바닥에다 대고 쿡 눌렀다. 연필심이 부러졌다. 그리고 연필을 빼앗으려는 옥이의 머리에 알밤을 먹였다.

옥이를 울려 놓고 난나는 바깥으로 나왔다. 그런데 다른 때와는 달리 옥이의 울음이 금세 그쳤다. 사립문짝 틈으로 집 안을 들여다보았다. 아버지가 건넌방 툇마루에서 옥이를 달래면서 다시 연필을 깎고 있었다. 연필 깎기 칼이 아니라 커다란 낫으로 몽당연필을 깎고 있는 모습이 신기하기조차 했다.

그러나 난나는 이런 것쯤에 넘어가선 안 된다고 마음을 다부지게 먹었다. 저 한 사람 때문에 우리가 얼마나 큰 고통을 받았는가. 할머니 이마의 서너 개 저 굵은 이랑은 무엇을 말하는가. 그리고 놀이를 할 때

늘 잡혀가서 총을 맞고 쓰러지는 역을 하는 것도 저 아버지 때문에 꾹 참아야 했다. 차라리 태어나지 않았으면 좋았을 옥이가 엄마의 몸을 빌린 것도 결국은 저 아버지 때문이 아닌가. 난나는 퉤퉤 침을 뱉으며 골목길을 달렸다.

개울가에 앉아 있는 난나 곁에 언제 왔는지 옥이가 서 있었다. 난나는 언제 옥이를 울렸느냐는 듯이 옥이의 손을 잡고 클로버 잎을 뜯고 있는데, 언제 따라왔는지 저만큼 떨어져서 밀짚모자를 쓴 아버지가 앉아 있었다.

난나는 못 본 척했다. 옥이가 갑자기 소리를 질렀다.

"오빠, 우리한테 행운이 올려나 봐."

"왜?"

"네 잎 클로버를 찾았어."

옥이가 하얀 클로버 꽃을 작은 손으로 젖히자 네 잎이 나타났다.

"정말 네 잎이구나."

난나가 막 그 잎을 따려고 할 때였다. 굵직한 목소리가 어깨 너머에서 들려왔다.

"그 네 잎 클로버는 따지 않는 게 좋겠다."

언제 왔는지, 아버지가 난나의 뒤에 서 있었다.

난나는 대꾸하지 않았으나 옥이가 나섰다.

"왜요, 아빠? 이 잎을 오빠의 책갈피에 끼워 두면 행운이 올 텐데요."

"본 것만으로도 이미 행운을 가진 거나 다름없어. 이 잎이 더 오래 여기 살고 있다가 너희보다 더 외로운 사람한테 발견되어 힘을 줄 수 있으면 더 좋지 않을까?"

난나는 아무 말도 하지 않고 그 자리를 떠났다. 한참 가다가 뒤를 돌아보니 아버지 혼자 그곳에 우두커니 서 있었다.

해가 설핏 기운 갯밭 들녘에 그림자를 길게 늘어뜨리고 서 있는 아버지의 모습. 난나는 달려가서 안기고 싶은 심정을 꾹 눌렀다. 그런데 아버지의 모습이 이내 사라져 버렸다. 난나는 무심중에 "아버지" 하고 큰 소리로 부르면서 옥이를 보았으나 옥이마저 사라지고 없었다.

난나는 사라진 옥이를 걱정하며 어두운 들길을 걸어 집에 돌아왔다. 그러나 불이 켜져 있고 할머니가 계시는데도 집 안이 새삼스레 텅 빈 것 같았다.

"옥이는 아직 오지 않았어요, 할머니?"

그러나 할머니는 대답하지 않았다. 무명 이불보를 다듬잇돌 면적만큼 개켜서 다듬잇돌 위에 놓고 방망이질을 할 뿐이었다.

그때서야 난나는 요 며칠 건넌방의 툇마루 밑에 있던 어른 운동화가 보이지 않는 것을 깨달았다.

난나는 건넌방의 방문을 열어 보았다. 텅 빈 방 아랫목에는 목침만 덩그렇게 남아 있었다.

그제서야 할머니가 훌쩍이는 목소리로 말했다.

"이 부독새 같은 녀석아. 네 애비는 다시 하늘나라로 갔어. 자식이 무엇이라고 그 독사 같은 네 애비도 네 말을 하면서 눈물을 흘렸어, 이놈아."

할머니는 푸념하고 있었다.

"그래도 네 애비는 머릿속에 박힌 것이 우리하고 달라서 그렇지, 마음 본바탕은 네놈보다 낫다. 저하고는 아무런 관계도 없는, 어떻게 생각하면 이가 갈리기도 할 옥이란 년을 제 친딸처럼 여기는데도 네놈은……."

임 선생님은 소나무 가지 아래 서 있는 난나의 어깨에 손을 얹으며 나직이 말했다.

"난나는 누구보다도 더 높이 날 수 있겠다. 그렇게 가슴을 짓누르는 미움을 다 녹여 버렸으니까."

난나는 세차게 고개를 흔들면서 말했다.

"아닙니다, 선생님. 저는 아직도 바위 같은 미움을 지니고 있어요."

"누구한테 또 미움이 남아 있어 그러지?"

"어머니입니다."

"어머니에 대해서도 난나가 이해해야 해. 사람이 사람을 이해한다는 것은 어떤 극을 초월하지 않고서는 어렵겠지만……."

"전 어머니를 도저히 이해할 수가 없어요. 여자는 다 그런지 모르겠어요."

임 선생님은 쿡쿡 웃었다. 멀리 날아가는 백로를 바라보다가 임 선생님이 다시 입을 열었다.

"인도의 남자와 여자의 창조 설화를 한번 들어 볼래. 만물의 창조주인 신은 먼저 남자를 만들면서 단단한 성분은 남자한테 다 써버리게 되었어. 그래서 여자를 창조할 때는 부드러운 것밖에 쓸 수 없었다는 거지. 달의 둥긂, 포도 넝쿨의 유연함, 꽃들의 어우러짐, 그리고 또 뭐더라?"

"새 가슴의 부드러움은요?"

"그래, 그것도 있어. 풀잎의 살랑거림도 있고. 그러나 바람에게는 변덕을 섞었다고 했어. 공작에게는 허영도 집어넣고."

"질투도 섞었을 것 같은데요?"

"그럴지도 몰라. 그리고 호랑이에게는 잔인한 시샘도 넣었다고 했어."

"차가움은요?"

"그렇지, 얼음의 차가움이 있었다고 했지. 그리고 또 어미 사자의 충실함도."

"저의 어머니는 그러면 어미 사자의 충실함은 빼고, 공작의 허영과 바람의 변덕만을 받은 모양이지요?"

"꼭 그렇다고는 할 수 없겠지."

임 선생님은 말끝을 얼버무리더니 갑자기 난나한테 장난을 걸고 싶은 모양이었다. 난나의 눈을 들여다보며 물었다.

"나는 그러면 어떤 성분들로 이루어진 것 같지?"

난나는 발부리에 있는 돌멩이를 슬쩍 건드렸다. 그것은 떼굴떼굴 소리를 내며 비탈 아래로 굴러 내려갔다. 그 소리에 놀랐는지 작은 새 두 마리가 포르르 하늘 높이 날아올랐다.

"선생님한테는 달의 둥긂이 있어요."

"그리고?"

"그리고 풀잎의 살랑거림도 있고요. 새 가슴의 부드러움도 있어요."

"그렇게 좋은 것뿐이야?"

"아니요. 얼음의 차가움도 느껴지는걸요."
"그으래?"
임 선생님은 검지 끝으로 난나의 볼을 톡톡 건드렸다.
난나는 순간 전신을 달리는 전류를 느꼈다. 가슴이 두근거렸고 뜨거운 것이 귓부리를 스쳐 갔다.
난나는 생각했다. 하느님이 남자를 만들 때 써버린 단단한 성분 중의 하나는 염치를 모르는 정욕이었을 것이라고.
"이제 그만 돌아가자. 너무 늦었어."
임 선생님이 조용히 자리에서 일어났다.

난나는 집으로 돌아오면서 불현듯이 꿈속에서 할머니가 한 말에 생각이 미쳤다. 할머니는 왜 아버지가 '하늘나라에서' 왔다고 했을까? 꿈속에서이니까 그런 '비현실적인 표현'을 한 것일까? 아니다. 아버지는 틀림없이 이 세상 어디에서가 아니라 하늘나라에서 왔을 것이다.
난나는 요즘 들어 아버지의 존재에 관한 '현실적인 표현'에 대해서 점점 더 강한 회의를 가지게 되었다. 그리고 그 회의는 확신이 되어 가고 있었다.

# 도망과 출발

난나는 가게에서 2홉들이 병의 소주를 하나 샀다. 땅콩도 한 봉지 사서 책가방 속에 함께 넣었다.

난나는 오동도로 향했다. 가슴이 저미면 뛰었고, 숨이 가쁘면 쉬었다. 방파제에 쪼그리고 앉아서 운동화를 신은 채로 바닷물에 발을 담갔다. 소주병 뚜껑을 따서 한 모금씩 한 모금씩 목젖 속으로 밀어 넣듯이 하다가 마지막에는 쓴 한약을 마시듯이 눈을 질끈 감고 반 병 남짓한 것을 한입에 꿀꺽 하고 삼켜 버렸다.

바다에는 해가 높이 걸려 있었다. 햇볕이 따갑게 머리 위에 쏟아졌고, 소주의 독기에 목 안이 후끈거렸다. 멀리 파도를 가르며 기선이 한 척 가고 있었다. 그 기선은 크게 흔들리고 있었으나, 파도가 이는 날씨도 바다도 아니었다.

난나는 속에서 울컥 솟아오르는 것을 바다에다 쏟았다. 바닷물로 입을 헹구고 어지럼증에 시달리며 천천히 섬 기슭으로 들어갔다. 바다를 향해서 큰 가지를 뻗은 동백나무 아래에서 가방을 베고 가만히 누웠다.
　이런 것이 주정이라는 것일까. 되지도 않은 말들이 마구마구 쏟아져 나왔다.
　"할머니, 할머니는 모르세요. 공부하라, 공부하라고만 하시지만 책상머리에 머리를 박아 피를 쏟고 싶은 때가 있는걸요. 할머니는 제가 하늘만 좀 쳐다보고 있으면 왜 그러느냐고 하시지만 이유 없이 엉엉 울고 싶을 때도 있는걸요. 밥만 챙겨 주신다고 다 되는 것이 아녀요. 기쁜 일을 가지고 달려가서 칭찬받고 싶을 때도 있고, 슬픈 일을 가지고 달려가서 위로받고 싶을 때도 있어요. 아무것도 아닌 일로 그냥 누굴 찾아가고 싶을 때도 있어요. 그런데 내 곁에 누가 있어요? 텅 빈 집, 텅 빈 방, 말 못하는 토끼만 집을 지키고 있지 않아요?"
　"아저씨, 아저씨는 저더러 작은 것들의 대표라고 하셨지요? 작은 마을, 작은 학교, 작은 집, 작은 꽃, 그러나 아저씨, 저는 괄시받는 작은 것들 때문에 고통받고 있어요. 아저씨는 작은 것들을 위해서 죽었지만, 저는 그럴 용기도 없어요. 정말이지 작은 것들로부터 도망가고 싶어요. 큰 것들의 이웃이고 싶은걸요. 그러나 아저씨, 제 마음이 흙 속에서 자란 것만은 틀림없어요. 거대한 군함을, 거대한 빌딩을, 큰 가방을 부러워하지만, 속은 작은 것들을 향해 있어요. 자운영 꽃이 그립고, 마른 산풀 냄새가 그리워요. 솔가리 재 속의 스러져 가는 불꽃이 그립고, 창호지 문에 어리는 희미한 등잔불 빛이 그리워요."
　난나는 갈증을 느꼈다. 눈을 떠보니 하늘과 바다에 온통 노을이 물들어 있었다. 난나는 저 노을 속으로 난 하늘길과 바닷길을 가고 싶었다.

"그래, 떠나는 거야" 하고 난나는 작은 소리로 중얼거렸다. "도망이 아니고 출발이야" 하고 이번에는 누군가가 들으라는 듯이 큰 소리로 외쳤다.

— 할머니, 용서해 주세요. 나는 할머니의 손자로서도 중요하지만, 나는 나답게 살고 싶어요.


선생님.
부단히 쓸쓸하고 마음이 고단해서 집을 떠나려고 작정한 경험이 있는 사람들은 누구나 한 번쯤 깊은 산 속의 절을 동경해 보았을 것입니다. 번잡한 이 세파를 떠나서 산 속으로 들어가 흰 구름처럼 사는 것 말이어요.

매인 데 없이 흘러 다니다가 외로우면 높은 산봉우리에도 올라가고, 그러다가 또 바람이 밀면 미는 대로 조용히 흘러가는 길, 그 한없는 순수를 그리워하기도 하지요.

제가 구례행 버스를 탔을 때, 마침 차에는 남루한 가사에 밀짚모자를 쓴 초로의 스님 한 분이 타고 있었습니다.

저는 일부러 그 스님의 옆 자리에 앉았습니다. 차가 출발해서 얼마만큼 갔을 때 저는 스님께 물었지요.

"스님, 혹시 화엄사에 계시지 않습니까?"

"왜 그러오?"

스님의 목소리는 가늘었으나, 버스의 라디오에서 흘러나오는 유행가 가락을 밀어내는 힘을 지니고 있었습니다.

"제가 화엄사에 가는 길이어서요, 스님."

"화엄사에는 어인 일로 가시오?"

"출가하려고요."

스님은 입가에보다도 눈가에 먼저 미소가 번졌습니다.

"무엇 때문에 그런 생각을 하나? 학생 신분에."

"이 세상이 싫어졌어요, 스님."

스님은 고개를 가만히 저었습니다.

"그렇다면 길을 잘못 들었소."

"네?"

"세상이 싫어졌다면야 세상이 좋아지게 하는 곳을 찾아가야지요. 절로 가는 길은 학생이 생각하는 그런 길이 아니오."

저는 무슨 말을 해야 좋을지 몰랐습니다. 망설이다가 그럼 어떤 사람이 절로 가야 하느냐고 물으려고 하는데, 스님은 졸린 듯 눈을 감아 버렸습니다.

버스가 절 입구에 도착하자 그제서야 스님은 눈을 떴습니다. 장을 보아 오는지 미역 다발도 내렸고, 작은 감자 자루도 내렸습니다. 제가 짐을 하나쯤 거들려고 했으나 한사코 만류했습니다.

절로 오르는 길은 계곡을 휘감아 돌며 계속되었습니다.

"스님, 아까는 제가 말을 잘못했습니다."

"말을 잘못하다니요?"

"세상이 싫은 것보다도, 사실은 어떻게 하면 이 세상을 바로 살 수 있는지 그 공부를 하고 싶어서 찾아오는 길입니다."

스님은 계곡에서 떨어지는 물소리보다 더 큰 소리로 웃었습니다.

"학생, 학생은 다른 사람 것이 아닌 자기 말을 해야 하오. 학교가 싫으면 학교가 싫다, 외톨이가 됐으면 외톨이가 됐다, 왜 이렇게 자기 말을 하지 못하고 남이 써먹은 말을 흉내내오. 아무쪼록 학생은 돌아가오. 돌아가서 집안과 학교의 걱정을 덜어 드리는 것이 곧 학생으로서 바로 가는 길이오."

선생님.

선생님은 지금 무얼 하고 계시는지요?

저는 스님께서 얻어 주신 저녁밥을 이제 막 먹었습니다. 아무래도 내일은 여기에서 떠나야 할 것 같습니다.

스님의 경 읽는 소리가 참 낭랑하게 들리는 밤입니다. 밤조차도 맑기 때문이겠지요. 별들도 왜 이리 많은지요? 여수보다도 이곳이 하늘에 보다 더 가깝기 때문일까요?

선생님, 안녕히 계십시오. 또 편지 쓰겠습니다.

1974년 5월 12일 난나 올림.


선생님.

차 한 잔을 들고 떠나라며 스님이 불러 주셨습니다. 스님의 방은 한지로 하얗게 도배가 되어 있어 편지봉투 속에 들어가 있는 느낌이었습니다. 방바닥은 유자 빛깔을 띤 노오란 장판이었으며, 벽이고 기둥이고 어디에도 못 하나 박혀 있지 않은 텅 빈 방, 오직 윗목에 있는 나무 토막 위의 까만 작은 오지 단지에 한 송이 꽂혀 있는 철 이른 국화꽃이

이 방의 또 하나의 식구였습니다.

스님이 돋보기를 닦아서 내밀었습니다.

"이것으로 거기 꽃을 보게."

저는 스님이 시키는 대로 돋보기를 단지에 꽂혀 있는 들국화한테 갖다 대었습니다.

갑자기 꽃잎이 청초하게 일어나는 것 같았습니다. 꽃술도 동글동글하게 나타났고, 미세한 물기마저도 풀잎 위의 아침 이슬방울 같았습니다.

"전혀 달라 보이지요?"

"네."

"그러나 사실은 꽃이 변한 게 아니라 돋보기를 대고 본 우리가 변한 것일 뿐이오."

찻주전자에서는 물이 끓고 있었습니다. 물 끓는 소리는 전나무 높은 가지 끝을 스치고 가는 바람 소리 같았습니다.

"이 세상을 살아가는 것들은 큰 것은 큰 대로, 작은 것은 작은 대로 다들 조화를 이루고 있어요. 돋보기를 들고 들녘에 나가 보면 가장 작은 고양이밥풀 꽃도 꽃잎 여섯에 꽃술하며 갖출 건 다 갖추고 있거든. 뱀 무늬도 보면 볼수록 얼마나 정교한지, 놀랄 것이오. 세상은 놀라움 그 자체요."

찻물을 식히며, 차를 달이며, 차를 따르며 스님은 한동안 침묵으로 일관했습니다. 기침을 하면 공기에 생채기라도 날 것 같은 고요였습니다.

"이젠 햇살을 고마워해야겠군."

찻잔을 내려놓으면서 스님이 미닫이에 눈을 건넸습니다.

햇살은 창호지의 윗부분에서부터 번져 내려왔습니다. 그것은 섬진강 은모래톱에 젖어드는 엷은 물살 같았습니다.
스님이 빠끔하게 문의 간격을 벌려 놓았습니다. 그러자 햇살은 노오란 장판을 가로질러 벽으로 올라갔습니다.
저는 차를 마시면서 차가 흘러 들어가는 식도가 햇살처럼 환하게 드러나는 듯한 느낌을 받았습니다.
"스님, 저기에 아지랑이처럼 흔들리고 있는 것은 무엇입니까?"
"아, 그거. 그건 댓돌 위에 올려놓은 대야의 수증기 그림자이지."
"흔들리는데요."
"그렇지. 지금 미풍이 불고 있기 때문일 거요."
이때, 풍경 소리가 땡그렁 하고 울려왔습니다.
스님은 수업을 마치기라도 하는 양 찻잔을 거두며 말했습니다.
"소가죽 길을 걷고 싶다고 하여 이 세상 길을 소가죽으로 덮을 수는 없는 거요. 그러나 우리의 두 발을 소가죽으로 싸면 이 세상 길이 다 소가죽 길이 되지요."
선생님.
길모퉁이를 돌다 말고 저는 뒤를 돌아보았습니다. 산기슭에 가려 저를 배웅하던 스님은 이미 보이지 않았으나, 스님 생각에 한참이나 발걸음을 옮길 수가 없었습니다.

선생님.
이 도시로 오게 된 이유는 간단합니다. 지난 1월에 동묵이 아저씨를 찾아가기 위해서 거문도행 배를 탔을 때, 옆에서 명함을 건네준 분이 계시다는 청보리 레스토랑이라고 하는 데가 이곳에 있기 때문입니다.

청보리 레스토랑은 지하 1층에 있었습니다. 사장님은 출장 중이라고 하여, 눈동자가 한시도 가만히 있지 않는 전무라는 사람을 만났습니다.

"몇 살이지?"

"열일곱입니다."

"좋아, 그러니까 돈을 벌고 싶단 말이지?"

"돈보다도 큰 배를 타고 싶습니다. 원양 어선이라든가……고래잡이배라면 더욱 좋겠습니다."

"알았어, 알았어. 그러니까 돈을 벌고 싶단 말 아닌가. 원양 어선을 타면 화부로 일해도 제법 돈을 받거든. 그런데 자네는 다른 일을 좀 해 보지. 자격증을 마련할 때까지만 말이야."

"어떤 일인데요?"

"가보면 알게 돼. 우리 회장님이 운영하는 연구소야."

그 기분 나쁜 전무는 초인종을 눌렀습니다. 그리고 황급히 달려온 청년한테 나를 연구소로 데려가라고 했습니다.

청년이 운전하는 지프차는 시의 외곽으로 빠졌습니다. 새로 도로가 닦이고 있는 비탈길로 가서, 외따로 서 있는 양옥집 앞에 차가 섰습니다.

회장님이라고 불리는 사람은 얼굴에 비해서 흰 머리카락이 많았습니다.

"청보리는 어디서 만났나?"

"레스토랑 사장님 말입니까?"
"그래, 박 사장이지."
"거문도 가는 배에서 만났습니다."
"녀석, 멀리도 다니면서 낚시질을 하는군."
"네?"
"아니야, 넌 몰라도 돼."
이때 전화가 걸려 왔습니다. 수화기를 집어든 회장의 얼굴이 갑자기 일그러졌습니다.
"뭐라구? 이런 병신 새끼들 같으니라구!"
무슨 기분 나쁜 일이 생겼나 봅니다. 나를 데리고 간 청년을 앞세우고 그는 급히 집을 나갔습니다.
무료하게 앉아서 기다리고 있는 나한테 가정부인 듯한 아주머니가 눈짓을 했습니다. 그 아주머니는 벙어리였습니다.
저는 한참 후에야 그 아주머니의 눈짓과 손짓이 무엇을 말하는지 대강 짐작했습니다.
— 2층으로 올라가 봐라. 거기에는 네가 무슨 일을 해야 하는지 알 수 있는 것이 있다. 그런데 그것은 굉장히 무서운 일이야.
그 아주머니를 뒤따라서 2층으로 올라간 저는 놀라지 않을 수가 없었습니다. 멀쩡한 신사처럼 보이는 마네킹, 외출복 차림의 여자 마네킹도 있었습니다.
신사의 뒷주머니에는 수첩이 꽂혀 있었고, 여자의 시장바구니 속에는 핸드백이 들어 있었습니다. 저는 그제서야 그곳이 무엇을 연구하는 장소인지를 깨달았습니다.

 소매치기 연습장. 그렇습니다, 이 도시에는 소매치기하는 것을 수련시키는 곳도 있는 것입니다. 저는 벙어리 아주머니한테 고맙다는 인사도 제대로 하지 못하고 그곳에서 도망쳤습니다.

 선생님.

 저는 오늘 밤 하늘의 별들을 바라보며 처음으로 울었습니다. 아, 저 별들은 앉을 자리가 있는데, 나는 앉을 자리 하나도 제대로 찾지 못해서 헤매고 다니는구나, 갑자기 그런 슬픔이 저를 엄습했던 것입니다.

 저는 지금 이 도시의 가장 깊은 골목 안의, 문간 옆에 쥐약 먹은 쥐가 썩어 가고 있는 여인숙에서 이 글을 적고 있습니다. 또 쓰겠습니다. 선생님, 밤이면 제가 어떤 음모에 달구어지고 있는지를 모르시지요?

 1974년 5월 20일 난나 올림.


 선생님.

 부산에 흘러들어 왔습니다. 푸른 물결을 타면 어디에고 갈 수 있다는 국제항. 그러나 저한테는 막막하기는 다른 곳이나 마찬가지입니다.

 소금기와 해초 냄새가 버무려진 바람결에 머리카락을 날리며 다니는 항구 사람들. 그들은 신호가 바뀌기 무섭게 내닫고 합디다만, 저는 파도처럼 멈칫거리며 걸었습니다.

 무조건 부두로 나가 보았습니다. 바다를 향해 오줌을 갈긴 뒤에 바지 지퍼를 올리고 있는 수부한테 말을 걸었습니다.

 "아저씨, 이 배는 어디로 가죠?"

"제주도 가는 화물선이다. 왜?"

"희망봉을 거쳐 가는 배는 없어요, 아저씨?"

"희망봉이라니, 어디 말이냐?"

"아프리카에 있어요, 아저씨."

수부는 갑자기 눈을 부라리면서 호령하듯 소리 질렀습니다.

"정신 차렷, 이놈아! 네놈도 간이 부었구나. 지금이 어느 땐데 그런 어리석은 꿈을 꾸느냐."

선생님.

저는 이 도시를 배회했습니다.

공중전화 박스 안으로 들어가서 수화기를 들고 동전을 넣었지만, 아무 데도 전화를 걸 데가 없는 신아침이라는 사실을 저는 그제야 깨달았습니다.

아직 문을 열지 않은 양복점, 문방구, 오락실, 담배 가게 앞을 지났습니다. 구멍가게의 사내가 셔터를 올리면서 하품을 하고 있었습니다. 식당의 아낙네가 전신주가에 토해 놓은 누군가의 것을 수습하고 있었습니다.

그러나 거리에 점점 차오르는 행인들은 누구도 나를 아는 척하지 않았습니다. 그들은 그렇게 나타나서 그들의 길을 갈 뿐이었습니다.

선생님.

저는 문득 죽음을 떠올렸습니다. 이때처럼 죽음이 극히 자연스럽게 저의 머리에 떠오른 것은 처음이었습니다. 어린 생각이지만, 저는 그제야 죽음은 복잡한 것이 아닌 지극히 단순한 것인 것을 알았습니다.

마지막 출구.

그렇습니다. 우리 인간들이 가지고 있는 마지막 출구입니다.

하루 내내 아무것도 먹지 않고, 마시지 않고, 한 발짝 걸을 힘마저도 모두 써버린 저는 해운대의 동백섬이라는 데에 이르러 해를 지웠습니다.

먼 저녁놀이 뜬 수평선을 향해 머리 부분을 내민 바위 위에 서 있는데, 목발을 짚은 청년이 다가왔습니다.

"물 마시지 않겠어요?"

청년은 청하지도 않은 물병을 내밀었습니다.

저는 청년을 빤히 쳐다보았습니다. 머리 정수리에서부터 이마에까지 큰 흉터가 있는 것으로 보아서 큰일을 저지른 사람인 것 같았습니다.

저는 청년에게서 물병을 받아 들고 바위 위에 앉았습니다. 그런데 이상한 일이었습니다. 목 속으로 물을 한 모금 넘기자 그때까지 얼씬도 하지 않던 얼굴들이 한꺼번에 떠오르는 것이었습니다.

할머니, 옥이, 영희, 동묵이 아저씨 그리고 더덕 먹는 모임 사람들과 선생님까지도.

저는 먹은 물보다도 더 많은 눈물을 쏟았습니다.

청년이 내 어깨 위에 그의 따뜻한 손을 얹었습니다.

"나는 학생이 여기에서 무슨 일을 하려고 하는지를 알아요. 바로 내가 3년 전에 학생 같은 그런 각오로 여기에 왔었거든."

저는 눈물을 닦고 물어보았습니다.

"그런데 왜 이렇게 살아 계시지요?"

청년은 한참 동안이나 저를 물끄러미 건너다보고 있었습니다. 그 침묵에서 오히려 저는 신뢰를 느꼈습니다.

저 아래에서 절벽을 치는 파도 소리가 들려왔습니다. 물새의 울음소리도 들려왔습니다. 어둠이 묻어 오는 비탈길로부터 사람들의 이야기 소리가 들려왔습니다.

저는 새삼스럽게 그 들려오는 소리들에서 신비를 느꼈습니다. 그러자 내가 지금 살아 있다는 사실을 확인하는 것처럼 전율 같은 것이 머리끝에서 발끝까지 달려갔습니다.

선생님.

이윽고 청년이 말했습니다.

"죽음은 생의 완성이어야 한다고 생각했는데, 그런데 자살은 완성이 아니라 중단일 뿐이오."

청년은 축구 선수였다고 했습니다. 그러나 어느 날 갑자기 덮친 운명의 신은 그의 다리를 빼앗아 가고 말았습니다.

"그 잔인한 교통사고에서 살아나게 된 것을 나는 저주했었지요. 나는 병상 생활 1년 동안 내내 죽음의 천사를 사모했었소. 그러나 아무리 기다려도 그 천사는 선뜻 내 앞에 나타나지 않았어요. 나는 드디어 그 천사를 내가 맞으러 떠날 수밖에 없다는 결론을 내렸지요."

저는 하늘에 떠오른 별 하나만을 바라보고 있었습니다. 별빛이 점점 더 또렷해져 갔습니다. 청년의 이야기는 계속되었습니다.

"칠흑같이 어두운 밤이었소. 여기에 와서 아까 학생처럼 그렇게 서 있는데, 하늘에서 빗방울 하나가 내 이마 위로 떨어졌지요. 그 순간 내 마음속에 이런 의문이 일어났어요. 내가 지금 이 죽음을 진실로 원하는가, 아니면 견딜 수 없는 절망감 때문에 죽음으로의 도피를 원하는 게 아닌가? 학생도 죽음을 좋아해서 여기에 온 것은 아니겠지?"

저는 잠자코 고개를 끄덕일 수밖에 없었습니다. 그것은 진실이었으니까요.

선생님.

이 편지를 마지막으로 이번 저의 방황은 이렇게 매듭이 지어지나 봅니다. 먼 훗날에는 훨씬 당당한 난나가 되어 선생님을 뵙겠습니다.

선생님, 안녕히 계십시오.

1974년 6월 2일 난나 올림.

## 골목 안 불빛

 탁상시계의 요란한 자명종 소리에 옥이는 벌떡 일어났다. 전깃불을 켰다. 영숙이 언니의 잠자리가 비어 있다. 어젯밤에도 그 언니는 들어오지 않았다.
 영숙이 언니는 요즘 세팅실에서 일하는 곱슬머리 남자를 만난다. 어젯밤에도 그 남자와 함께 지냈을지도 모른다. 그 언니는 정말 바람이 나도 단단히 난 모양이라고 옥이는 생각했다.
 옥이는 먼저 세수를 한다. 그러고는 맑은 얼굴로 선반 위에서 내려다보고 계시는 성모님께 인사를 드린다.
 "성모님, 안녕히 주무셨어요?"
 성모님은 야광이다. 옥이가 잠든 깜깜한 한밤에도 더욱 은은히 빛난다. 지난번 추석 날 신부님이 주셨다.
 다음으로 옥이가 인사를 건네는 것은 창틀에 올려놓고 키우고 있는 선인장이다.

"선인장아, 안녕."

선인장은 옥이의 주먹만 하다. 지난 10월에 영선이가 헤어지면서 주고 간 선물이다. 영선이는 자기 오빠가 와서 데리고 갔다. 내년 봄부터 학교에 다니게 된다고 했다. 철공소에 다니는 오빠가 어떻게 해서라도 공부를 시키겠다고 다짐하면서 가방을 챙기라고 했다.

시내버스 정류장에 따라 나간 옥이가 갯밭에서 살 때부터 지니고 있던 손가락 한 마디만 한 작은 수정을 건네주면서 당부했다.

"영선아, 이 돌처럼 야무지게 공부해. 내 몫까지 합해서."

"옥이, 너도 곧 공부할 수 있을 거야."

옥이는 눈물이 나오려는 것을 꾹 참았다.

영선이는 거리의 리어카에서 팔고 있는 선인장을 사서 옥이한테 주면서 말했다.

"우리 이 선인장처럼 굳세게 살자."

옥이가 밥을 지어 반찬을 차려 놓고, 먹고, 설거지까지 마치자 그때서야 영숙이 언니가 들어왔다.

"언니, 빨리 밥 먹어. 10분만 늦으면 지각하겠는걸."

"나 오늘 공장 안 가."

"왜, 언니? 과장님이 물으면 뭐라고 대답하지?"

"그거 있다고 그래."

"그거?"

"이 바보야, 빨강물 내린다고 하란 말이야."

영숙이 언니는 더 대답하기 귀찮다는 듯이 벽 쪽으로 돌아누웠다.

옥이는 가방을 들고 일어났다. 대문을 나서려던 옥이는 황급히 다시 들어갔다.

"언니!"

"왜? 또 무얼 빠뜨리고 갔어."

"응, 언니한테 연탄불 막 갈았다는 얘기를 안 했어. 언니, 창문 열어 두고 자, 알았지?"

"알았어."

그러나 아무래도 마음이 놓이지 않았다. 잔손 움직이는 것을 싫어하는 영숙이 언니는 그대로 이내 잠이 들지도 모른다. 어떤 때는 일어나서 세수하고 자겠다고 해놓고서도 금방 잠들어 버리는 영숙이 언니이다.

옥이는 방에 다시 들어가서 창문을 열었다. 그래도 마음이 놓이지 않아서 부엌문도 약간 열어 두었다.

옥이가 연탄가스의 무서움을 알게 된 것은 지난 3월이었다. 공장에서 물건이 급해 다른 공장 사람들 지원까지 받는 판에 정자 언니와 광숙이가 나오지 않았다. 과장이 눈을 부라리며 옥이더러 빨리 정자 언니 자취방에 가서 데려오라고 했다.

그러나 옥이가 아무리 문을 두드려도 정자 언니와 광숙이는 문을 열어 주지 않았다. 나중에는 안집 아주머니까지도 나와서 거들었다.

"이 처녀들은 한번 잠이 들면 이렇게 깜박 저승 간 것 같다니까. 정자야! 광숙아!"

그래도 인기척이 나지 않자 이번에는 주인아저씨가 나왔다. 문을 구둣발로 쾅쾅 차다가 장도리를 들고 와서 아예 문짝을 들어내고 들어갔다.

그때 옥이는 영원히 머릿속에서 지워지지 않을 장면을 보았다. 분홍 잠옷을 입은 정자 언니는 옷장이 있는 구석에 코를 박은 채 엎어져 있었고, 속치마 바람인 광숙이는 반듯하게 누워서 입에 거품을 물고 있었다. 윗목에는 라면을 끓여 먹은 냄비에 젓가락 두 모가 그대로 박혀 있었다.

"언니, 일어나" 하면 금방이라도 눈을 쓱쓱 비비고 일어날 것 같은 모습이었으나, 이미 싸늘히 몸이 굳어 버린 두 사람이었다.

옥이는 고개를 들고 하늘을 올려다보았다. 3월의 하늘은 갯벌 앞 바다에서 출렁이던 바닷물처럼 파랬다. 아아, 정자 언니와 광숙이는 어떻게 저 하늘길을 갈 수 있을 것인가. 옥이는 너무도 가슴 저미는 두 영혼에 대해서 하느님께 드릴 기도문조차도 머리에 떠오르지 않았다.

옥이가 공장 정문에 들어서서 출근 카드를 넣자, 8시 29분이 찍혀 나왔다. 아슬아슬하게 지각을 면한 셈이었다.

그러나 옥이는 공장의 화단 꽃들과 눈인사 나누는 것을 잊지 않았다. 방울꽃아 안녕, 코스모스야 안녕, 국화야 안녕, 사루비아야 안녕.

옥이는 옷장에서 작업복을 꺼내 입으면서 이 사람, 저 사람하고 인사를 나눈다.

"인숙아, 머리 잘랐구나."

"혜선이 언니, 안녕하세요."

"영주 언니, 방석 가져다 드릴까요."

"과장님, 영숙이 언니가 몸이 아파서 못 나온대요. 오후에는 나올지 모르겠어요."

미싱 앞에 앉는다. 손잡이를 돌려 본다. 북실을 살펴 본다. 기름을 준다. 전기 버튼을 누른다. 이렇게 해서 하루 일이 시작된다.

11시쯤 되어서 옥이는 한 번 미싱대에서 일어났다. 화장실을 갔다 오니 세탁부 아주머니가 스웨터를 걸어 가면서 말했다.

"옥이야, 수위실에 널 면회 온 사람이 있더라."

"절요?"

"그래, 내가 들었는데 누구라더라……."

"남자예요, 여자예요?"

"남자야."

"오른편 팔이 의수인 사람이죠? 우리 삼촌이어요. 그 사람 나쁜 사람이어요. 돈만 떨어지면 저한테 돈 얻으러 와요."

"아니야, 이번에는 그 사람이 아니고 남학생이던데."

"어떻게 생겼어요?"

"키는 작은데 당차게 보이더라. 깡마른 얼굴에 눈만 등잔처럼 크던걸."

옥이는 자신의 가슴 깊숙한 곳에 연못이 있다고 혼자서 생각하고 있었다. 그 누구도 모르는 연못. 바람이 물결을 흔들기라도 하면 오리목 나무의 가슴 넓은 그림자가 물결을 가만가만 잠재워 주는 연못. 낮이면 연못가에 피어 있는 도라지 꽃이 동무되고, 밤이면 하늘 먼 데의 작은 별이 동무되어 주는 곳, 그것은 산속의 연못이었다.

그런데 이 연못에 돌멩이가 떨어진 것이다. 어쩌다 전나무의 높은 가지만 흔들려도 파문이 번지던 연못에 돌멩이가 한 개 풍덩 하고 떨어진 것이다.

옥이는 미싱대에 가슴을 밀어붙이고 엎드렸다.

과장이 어느새 보았는지 버럭 소리를 질렀다.

"서옥이 어디 아파?"

"아녀요. 과장님."

"그런데 왜 일 안 하고 엎드려 있어?"

"괜찮아요. 아무것도 아녀요. 과장님."

"누가 벌써 입을 놀렸구나. 네 오빠가 면회 온 걸 알고 있지?"

"정말이에요. 과장님? 진짜 우리 오빠가 면회 왔어요?"

"능청 떨지 말고 수위실에 가봐. 사무실에 가서 외출증 끊어 가야 해."

그러나 옥이는 조퇴증을 끊었다. 경리 담당 언니한테 부탁해서 3만 원을 가불했다. 작업복을 벗고 잠바를 꺼내 입었다. 가방을 챙겨 들고 종종걸음으로 수위실로 향했다.

난나는 유리창 너머로 전선줄에 걸려 있는 연을 보고 있었다. 연은 꼬리가 끊어진 채로 전선줄에 매달려서 바람이 불 때마다 온몸을 흔들고 있었다.

"오빠!"

난나가 몸을 돌렸다. 퀭한 눈, 부슬거리는 머리, 양 볼에 드러난 광대뼈.

옥이는 두 손으로 얼굴을 싸안고 벽에 머리를 기댔다.

난나가 다가와서 옥이의 머리 위에 손을 얹었다. 다른 때 같으면 응석을 부리듯이 오빠의 품속에 안겨 왔을 옥이였다.

그러나 오늘은 참아야 한다고 생각했다. 애벌레가 허물을 벗듯이 나도 이제 성장의 변화가 있어야 한다고 옥이는 생각했다. 그리고 옥이는 손등으로 쓱쓱 눈 밑을 닦고 수위실을 나왔다. 난나도 옥이를 따라서 수위실을 나왔다. 옥이와 난나는 바람이 훌렁훌렁 휘젓고 다닐 만큼 두어 걸음 정도 떨어져 걸었다.

그 사이로 휴지가 지나갔고, 라면 봉지가 지나갔다. 자전거가 지나갔고, 아이가 지나갔다. 개 한 마리가 지나갔고, 큼직한 쥐 한 마리가 지나갔다.

시장으로 들어서면서는 더 많은 사람들이 서로 꿰다니는 통에 리어카가 지나가기도 했다. 용달차가 지나가기도 했고, 지게꾼이 짐을 지고 지나가기도 했다.

옥이는 정육점에 들러서 돼지고기를 반 근 샀다. 난나가 좋아하는 고구마도 세 근이나 샀다. 잡화상에 들러서 양말도 사고, 내의도 샀다. 신발 가게를 기웃거리다가 오빠한테 운동화를 한번 신어 보라고 명령하기도 했다. 설빔을 장만하던 할머니처럼.

"오빠."

"응."

"시장 크지?"

"응."

"이보다 몇 배나 큰 시장도 있는걸."

"그으래?"

"오빠."

"응."

"뭐 먹고 싶은 거 없어?"

"없어."

"참, 오빠는 호박 부침을 좋아하지?"

"그것도 좋지."

"달걀 옷 입혀 해줄게. 나 부침 잘한다."

"그으래?"

옥이가 난나를 데리고 자취방으로 오자, 영숙이는 잘되었다는 듯이 핸드백을 챙겨 들고 방을 나갔다. 한 열흘 비워 줄 테니 오빠랑 잘 지내라며 싱긋 웃어 주기까지 했다.

점심을 지어 먹고 나자 난나는 낮잠을 잤으면 했다. 그러나 옥이가 한사코 우겨서 집을 나섰다. 인천행 전철을 탔다.

적선 접시를 든 아이에게 손을 잡힌 채 맹인이 하모니카를 불면서 통로를 지나갔다.

옥이는 난나의 가슴속에도 아직 저런 노래가 살아 있을까 하고 생각해 보았다. 아니다. 오빠의 노래 집에서는 이미 오선이 희미해지고, 음표들도 참새처럼 뿔뿔이 흩어지고 없는지도 모른다. 저 무표정한 얼굴을 보라.

난나가 문득 입을 열었다.

"옥이야."

"응."

"나 서울 와서 만세 아저씨 만났다."

"만세 아저씨가 누군데?"

"벌써 잊었니? 여수 역전에 늘 우두커니 서 있다가 만세 부르던……."

"아, 생각났어. 날씨가 궂으면 만세를 부르며 맨발로 뛰어다니던 미친 사람 말이지?"

"그래, 그런데 그 만세 아저씨가 용산 시외버스 터미널에서 구걸을 하고 다니는 걸 봤어."

"서울 용산 말이지. 오빠?"

"그래, 서울의 용산이야. 한강 가까이 있는 시외버스 터미널."

옥이는 얻어먹는 사람까지도 다 서울로 모이는 모양이지 하고 말하려다가 얼른 참았다.

차창 밖으로 간혹 가을걷이를 기다리는 푸른 채소밭이 지나갔다.

그러나 늦가을에는 푸른빛마저도 쓸쓸한 느낌을 준다. 바다까지도.

그렇다. 바다까지도 늦가을에는 쓸쓸하다. 출렁이는 바닷물도, 날아오르는 갈매기도, 모래톱에 걸려 있는 나뭇가지도, 바위틈에 박혀 있는 수초도.

난나도 옥이도 한동안 말없이 바다를 내려다보고 있었다. 결코 낯설지 않은 수평선. 수평선은 멀리 서 있는 할머니의 치마폭처럼 아득하게 느껴졌다.

"오빠."

"응."

"우리가 여기서 할머니 하고 부르면 파도가 실어다 주겠지."

"어디로?"

"할머니한테로 말이야. 할머니의 베개 밑을 철썩 치면서 할머니 하고 우리가 부르는 소리를 들려주지 않을까, 오빠."

난나는 바위에서 일어나서 뚜벅뚜벅 걸었다.

한참을 걷다가 곁을 보았다. 옥이의 그림자가 따라오지 않았다. 옥이는 여전히 무릎에 깍지를 끼고 바위 위에 앉아 있었다.

난나는 옥이가 "할머니⋯⋯" 하고 부르는 소리를 들었다.

난나는 눈물이 쏟아지는 얼굴을 바닷물로 헹구었다. 아아, 이 바다는 나의 눈물의 뜻을 알고 있을 것이라고 생각하자 난나는 걷잡을 수 없는 감정의 소용돌이에 휘말렸다.

난나는 등이 따스해지는 것을 느꼈다. 어느새 옥이가 난나의 등에 가만히 얼굴을 대고 있었던 것이다.

"오빠, 오빠도 가슴속에 진주를 가지도록 해."

"진주를?"

"응, 진주를 가지면 어느 때 어떻게 죽음이 오더라도 두렵지 않다고 신부님이 말씀하셨어."

"그건 왜지?"

"죽음은 껍질과 살만 썩는 것일 뿐이라고 했어. 그러나 진주는 그날부터 보석으로 영원히 사는 거래."

난나는 오랜만에 옥이를 업고 바닷가를 걸으며 휘파람을 불었다.

# 서울 탐험

서울역에 난나가 내렸을 때 그의 눈을 끈 것은 역 앞의 거대한 뒤주 같은 건물이었다. 그것은 흡사 시골집 대청마루에 놓여 있는 뒤주 모양을 하고 버티고 서서 난나를 압박하고 있었다.

사람들은 뒤주 주변에서 맴도는 개미 같았다. 발목도 보이지 않는 거대한 뒤주 같은 건물은 그것 하나뿐이 아니었다. 크기는 그보다 작았지만, 거리마다 비슷비슷한 상자 꼴의 건물들이 치솟아 있어 난나의 입에서는 계속 한숨이 토해져 나왔다.

난나는 일주일 동안 옥이의 자취방에서 지내면서 틈틈이 외출하여 기웃거려 보았으나, 그 누구도 그 뒤주 같은 건물의 내용은 잘 알지 못하는 것 같았다. 그저 자기의 굴렁쇠 길만을 익히고 다니는 것 같다. 간신히 비집고 들어가서 위태위태하게 나오고 있었다.

그것이 전부였다. 개미들의 행진 같은. 난나는 시골집 토담가에서 때로 개미들을 못살게 군 적이 많았다. 흘려 놓은 과자 부스러기 하나를 목숨을 걸고 끌어 가는 개미들. 난나는 때로 손가락 끝으로 개미들을 죽여 보기도 했다. 그러나 개미들은 죽은 동료에보다는 과자 부스러기에 다시 엉기곤 했다.

때로 난나는 어디로 가는지조차도 모르는 개미들의 기다란 행렬을 보기도 했다. 그럴 때도 역시 짓궂게 난나는 행렬을 끊어 보고 싶어 개미 떼를 죽이기도 했던 것이다.

그러나 개미들의 움직임은 잠깐 멈출 뿐이었다. 우로 기어가고, 좌로 기어가고, 그것도 작은 병뚜껑만 한 원을 그리며 잠시 행렬을 흩뜨리기도 했으나, 동료들의 시체를 옆으로 비켜 놓은 채로 다시 묵묵히 줄을 이어가는 개미들의 저 저돌적이고 끝없는 그러나 무료한 행진.

뒷 개미들은 아예 그런 혼란이 있었는지도 모르고 앞 개미만을 좇고 있듯이, 서울 사람들의 일상 또한 그런 것이 아닌가 하고 난나는 생각했다.

난나는 옥이가 적어 준 삼촌의 주소를 들고 집을 나섰다.

"오빠, 내 생각엔 삼촌한텐 안 가는 게 좋겠어."

"왜?"

"삼촌은 이상한 살림을 산다."

"어떻게 사는데?"

"아무튼 이상해. 새로 얻은 숙모도 이상하고…… 삼촌은 장작개비보다 더 말랐어."

"그렇다니까 더 가보고 싶은걸."

난나는 옥이가 일러 준 대로 한 국민학교 앞에서 버스를 내렸다. 수도 펌프장을 끼고 언덕길을 올라가서 비닐 화원 옆을 지났다. 산비탈은 온통 굴 껍데기 더미 같은 하꼬방들로 뒤덮여 있었다. 군데군데 함석지붕의 집들이 큰 조개처럼 박혀 있고 나무들이 파래처럼 끼여 있었다.

그러나 돌 층계에 이르러서는 도저히 골목을 짚어 낼 수가 없었다. 구멍가게에 가서 우선 소주 한 병과 오징어 한 마리를 샀다. 그러고는 주인아주머니에게 10통 4반을 물었다.

"저기 전신주가 있는 골목으로 들어가면 쌀집이 있어요. 그 집이 바로 통장네니 그 집에 가서 물어봐요."

쌀가게 주인은 봉투에 쌀을 담아서 저울 위에 올려놓고 있었다. 쌀 봉투를 건네받는 작대기 같은 사람이 몸을 돌렸다. 난나도 그도 서로 비키려다 말고 눈이 마주쳤다.

"삼촌!"

삼촌은 쇠갈고리 손으로 이마 앞으로 넘어온 머리를 긁어 올렸다. 쇠갈고리가 실수를 했는지 단번에 이마의 빗금에서 피가 비쳤다.

"용케 만났구나."

삼촌은 그 달동네의 하꼬방의 문간방 한 칸을 얻어 살고 있었다. 천장과 방구석에 곰팡이가 슬어 있는 것으로 보아서 비도 새고, 불기운도 고루 미치지 않는 것 같았다. 페인트칠 일을 다니는지, 쌀통도 빨랫감 통도 그리고 부엌의 통들도 대부분 크고 작은 페인트 통들이었다. 여전히 어떤 숙모인가가 방 한구석에 숨어 있는 것 같았고, 삼촌 또한 여전히 이전처럼 이런저런 숙모들의 술래인 것 같았다.

난나는 방 안에서 문을 열어 놓은 채로 삼촌의 밥 짓는 솜씨를 물끄러미 바라보았다.
 삼촌은 왼손으로 정확하게 그리고 능숙하게 그릇들을 집어 놓고, 칼을 잡아 두부를 자르고 무를 잘랐다. 그리고 삼촌의 쇠 집게는 뜨거운 것을 아무렇지도 않게 들어올리고 불 속으로 옮겨 놓았다.
 "일은 언제 나가죠?"
 "일이 있을 때 나가지 지금은 쇳가루깨나 있다는 놈들이 겨울이라고 해서 일거리를 내놓지 않는다."
 "제가 왜 서울에 왔는지 궁금하지 않으세요?"
 "그거야 네 사정이고."
 "할머니가 어떻게 살고 계시는지 궁금하지도 않으세요?"
 그러나 삼촌은 엉뚱한 방향으로 말머리를 돌렸다.
 "내가 재미있는 것 구경시켜 줄까?"
 "……."
 "여자 실업 농구 결승전이야. 볼만하다고. 해수욕복 같은 것을 걸친 키 큰 여자들이 공을 쫓아서 말처럼 뛰어다니거든."
 삼촌은 일어나서 잠바 안주머니 속에는 난나가 사온 소주병을, 그리고 바깥 주머니에는 오징어를 구부려서 넣었다.
 난나는 삼촌을 따라서 장충동에 있는 실내 경기장으로 갔다.
 삼촌은 그 경기장의 단골인 듯했다. 두리번거리지 않고 곧장 남쪽 스탠드의 아래쪽에 자리를 잡았다. 그리고 여기저기 흩어져 앉아 있는 사람들과 눈인사를 나누었다. 그 사람들도 삼촌처럼 미어지게 못사는 것 같았다. 대개 깡마른 몸집에 눈만 빛났다.

전반전이 끝날 때까지 삼촌은 홀짝홀짝 소주잔만 비우고 있었다. 주위 사람들은 더러 팀의 소속 응원단보다도 더 열을 내서 소리를 지르고 두 팔을 휘두르곤 했으나 삼촌은 묵묵히 경기만 보았다.

　전반전이 끝나고 휴식 시간이 되었을 때, 삼촌은 난나에게 오징어 몸통을 반 토막 나누어 주었다. 난나가 오징어를 찢어 입에 넣으려고 할 때였다. 삼촌의 취기 밴 목소리가 난나 입가의 오징어를 제지했다.

"잠깐, 그것 좀 볼까?"

"……."

"어느 쪽이 오징어 머리인지 아니?"

"이쪽요."

"아니다. 그건 오징어의 항문 쪽이다."

이번에는 오징어를 반듯이 손바닥 위에 올려놓고 물었다.

"등은? 등을 알아맞혀 봐라."

"이쪽요."

"아니다. 그건 앞가슴이다."

삼촌은 재미있다는 듯이 킬킬 웃었다.

"너는 서울에서 잘 살 수 있을 것 같다. 서울 놈들은 너처럼 머린지 항문인지, 등인지 가슴인지 모르고 그냥 처먹기만 하는 놈들이거든."

　후반전을 알리는 벨이 울렸다. 양편 선수들이 다시 공을 쫓아 달리기 시작했다. 전반전에서 벌어졌던 점수 차가 좁혀지면서부터 삼촌의 숨결이 거칠어지기 시작했다.

　점수가 엎치락뒤치락하자 삼촌은 소리를 질러 댔다. 그것은 발악에 가까운 비명 같은 소리였다. 삼촌과 눈인사를 나누었던 사람들도 마찬가지였다. 그들은 어느 편을 들어서 응원하는 것이 아니었다. 그냥 경기장의 열기가 달아오르면 함성을 질러 대는 것이었다.

그러나 경기가 끝났을 때는 다시 풀 죽은 모습으로 돌아갔다. 경기장 바깥에 나온 삼촌은 추운 듯 몸을 웅크리고 땅을 내려다보며 걸었다.

버스 정류장에서 차를 기다리면서 삼촌은 난나에게 말했다.

"우리가 마음껏 소리를 질러 볼 수 있는 때는 이럴 때뿐이다. 그러니까 운동장은 이발사의 대밭인 게야. 거 있잖아. 임금님 귀는 당나귀 귀라고 소리쳤다는 이발사의 대밭 말이야. 이런 때만이라도 소리 질러 볼 수 없다면 답답해서 나는 진작 죽었을지도 모른다."

## 서울의 희미한 별들

 불이가 일하고 있다는 목욕탕은 대로에서 꺾어져 들어간 골목 안에 있었다.
 난나는 복덕방에서 일러 준 대로 높게 치솟은 굴뚝을 향해 걸었다. 곧장 여관 겸용의 목욕탕 입구가 나타났다.
 난나가 찾아왔다는 연락을 받은 불이가 이내 상반신을 벌거벗은 채로 나타났다.
 "기어코 너도 올라왔구나."
 불이는 기다리고 있었다는 듯이 반겼다.
 "옷 입고 나와."
 "안 돼. 지금 일하는 중이야."
 "일? 무슨 일인데 옷 벗고 하니?"
 "들어와 보면 알아."
 난나는 불이가 이끄는 대로 따라 들어갔다. 그리고 이내 불이가 하는 일이 어떤 일인가를 알게 되었다.

벌거벗은 채로 몸을 내맡기고 있는 손님의 때를 미는 일. 불이는 목욕탕의 때밀이였다.

손님의 앞가슴을 밀고, 등을 밀고, 겨드랑이를 밀고, 사타구니를 밀고, 심지어는 발뒤꿈치까지도 닦아 주고 있었다.

저녁밥을 사먹으러 가는 길에 불이가 변명처럼 말했다.

"사람들이 별의별 일을 해서 먹고사는 곳이 서울이다."

"그렇지만 스님이 된다던 네가 그런 일을 할 줄은 몰랐어."

"몸의 때를 씻기는 일이나 마음의 때를 씻기는 일이나 때 벗기기는 마찬가진데 뭘."

불이는 재미있다는 듯이 푸푸 웃었다.

난나는 불이를 따라서 중국 음식점으로 들어갔다. 그리고 불이가 하는 대로 따라 자장면 곱빼기를 시켰다. 탕수육을 주문하면서 불이가 물었다.

"술 먹지?"

"술?"

"언젠가 한 번 먹었다가 두드러기가 나서 혼이 났어."

"병신."

술이 들어간 불이의 입에서는 서울 흥이 터져 나왔다.

— 서울은 검정이나 회색 크레용으로밖에 그릴 수 없는 곳이야.

— 동대문에서 광화문까지 종로 양편에는 무슨 간판이 그리도 많이 붙어 있는지……. 얼굴 뜯어고치는 성형외과와 성병 고치는 피부 비

뇨기과 간판도 부지기수야.

― 껌 팔러 다니는 여학생들이 모두 다 여학생인 줄 알아? 천만에 말씀이다. 서른이 넘은 아주머니도 머리 자르고 학생티 내서 아이들까지 먹여 살린다.

― 돈 많은 아주머니들만 드나드는 술집도 있다. 우리 목욕탕에서 나랑 같이 때 밀던 형도 얼마 전에 거기로 취직해 갔는걸.

― 서울 온 뒤부터 호신술 겸해서 또 다른…… 아무튼 유도를 배우고 있어. 작년에 검은 띠를 맸고 올해 초에 2단이 됐어. 이제 두어 놈 정도는 일없이 메다꽂을 수 있어.

난나는 후끈한 고량주를 목구멍 너머로 넘겼다. 난나의 눈에 물이랑이 나타났다.

"불이야, 너 기억하고 있지?"

"무얼?"

"우리가 국민학교 다닐 때 종고산에서 주워 오던 수정 돌 말이야."

"……"

"댓돌 밑에 묻어 두고 아침저녁으로 뜨물을 주면 자란다고 해서 열심히 뜨물을 갖다주었지."

불이는 건너편 벽의 달력을 보고 있었다. 달력 속의 풍경은 분수 사진이었다. 그 분수는 더 높이 비상하지 못하고 계속 추락하곤 했다.

"수정이 자란다는 말은 거짓이었어. 그러나 그것은 썩지는 않았어."

"그럼, 나는…… 나는 썩었다는 말이냐?"

"네가 썩었다면, 나도 썩었다. 불이 너를 내가 얼마나 보고 싶어 했는 줄 아니?"

불이는 벌떡 일어나서 난나의 어깨 위에 팔을 올렸다.

"그래, 나도 썩고 세상도 썩었어. 모두 썩었어. 그 썩은 것을 해치우려고 나는 유도를 배우는 거야. 메치고 엎어쳐서 까발겨 버릴 거야. 그리고 칼 쓰는 법도 배우고 있어. 썩은 것은 까발기기도 해야 하지만 칼로 도려내야 해."

"불이야, 진정해. 나가자."

서울 하늘의 별들은 생기를 잃었고 멀기만 했다. 난나를 따라서 하늘을 우러러보던 불이가 한숨을 쉬면서 말했다.

"참, 오랜만에 보는 별들이다."

"왜? 밤마다 나오는 별들인데."

"서울에 살다 보면 그렇게 돼. 밤이 되어도 별이나 달을 찾아보는 일은 좀처럼 없어. 그냥 네온사인과 수은등이나 바라보며 사는 것이 서울 사람들이야."

"서울 사람들은 그래도 돼?"

"뭘?"

"하늘의 별과 달을 그렇게 푸대접해도 되느냐구?"

"그래도 재미있게 살아가는걸."

"사는 것이 재미있으면 그래도 괜찮은 거냐구?"

"아무튼 서울 사람들은 그래."

난나는 지하도에서 나오는 사람과 어깨가 부딪쳤다.

"눈을 똑바로 뜨고 다녀, 임마."

불이가 킬킬킬 웃었다.

"서울식으로 코앞을 잘 살피고 다니라는 말이야. 저런 하찮은 시비 끝에 한판 붙기도 하지. 그럴 때 유도 폼만 잡아도……."

"그렇지만 난 하늘의 별도 중요한걸. 밤하늘에 뜬 저 별들한테서 위로를 받지 못했다면 난 진작 미쳐 버리고 말았을 거야. 아마, 불이 너도 마음속에서는 밤이 되면 언제나 별들이 떠올랐을 거야."

난나는 문득 만세 아저씨를 떠올렸다. 용산 시외버스 터미널 구석에서 먼 하늘을 바라보고 있던 천치의 평화스러운 얼굴.

"불이야, 만세 아저씨 만나러 가지 않을래?"

"만세 아저씨, 여수역 단골? 그 만세 아저씨가 서울에 와 있어? 거지도 텃세를 하는 게 서울인데."

"그래."

"어디?"

"가보면 알아."

그러나 만세 아저씨는 용산 시외버스 터미널 그 어디에서도 찾을 수 없었다. 대합실에도, 공중변소 앞에도 없었다. 포장마차 주변도 돌아보았지만, 엉뚱한 걸인들뿐이었다.

돌아가자는 불이의 팔을 난나가 잡으며 손가락으로 왼쪽 건물을 가리켰다.

"저기 저 하차장 지붕 밑에 웅크리고 앉아 있어."

"그래, 맞아. 만세 아저씨도 많이 늙었겠군."

난나와 불이는 김이 모락모락 오르는 호떡을 사가지고 다가갔다. 호떡을 건네주자 만세 아저씨가 만세를 불렀다. 불이가 말을 걸었다.
"아저씨, 우리 알지요?"
"……."
"우리는 여수 사람이어요."
"여수?"
"그래요, 여수. 신문 배달하던 난나여요."
만세 아저씨는 호떡을 베어 문 채로 물끄러미 난나를 바라보다 말고 다시 한 번 만세를 불렀다. 그 바람에 입에 물었던 호떡이 땅바닥에 떨어졌다. 그것을 주우려고 하는 만세의 팔을 난나가 재빨리 낚아챘다.
"그러지 마세요. 또 사줄게요."
"아까워."
"괜찮아요."
만세 아저씨가 난나가 다시 사온 호떡을 다 먹기를 기다렸다가 불이가 말했다.
"아저씨, 우리랑 같이 가요."
"어, 디?"
"목욕탕에."
"목, 욕, 탕?"
난나가 두 손으로 몸 씻는 시늉을 하자, 만세 아저씨는 수줍은 듯 웃었다. 불이가 다시 나섰다.
"내가 때 미는 도사란 말이에요. 만세 아저씨, 깨끗이 닦아 줄게. 함께 가요."

"여수?"

"여수 가고 싶어요?"

만세 아저씨가 고개를 끄덕였다.

"가서 목욕하고 자고, 그러고 나서 내일 아침에 보내 줄게요."

"참말?"

불이가 정색을 하며 말했다.

"참말이야. 거짓말이면……."

불이는 손가락으로 제 목을 베는 시늉을 했다. 그리고 자신의 손을 내밀었다.

"자, 약속해요."

만세 아저씨가 그 손을 꼭 잡았다. 만세 아저씨는 거푸거푸 만세를 부르면서 난나와 불이의 뒤를 따라왔다.

# 눈물에 속지 않는다

그전까지만 해도 옥이는 눈물처럼 정직한 것이 없다고 믿었다. 성가를 부를 때 간혹 복받치던 눈물, 할머니가 그리울 때 먼 하늘을 우러르면 앞을 가리던 눈물, 밤샘 일을 마치고 돌아오는 길에서 새벽달하고 우연히 만났을 때 솟아나던 눈물, 그 눈물보다 더 정직한 것은 없다고 생각했던 옥이였다.

그러나 남을 속이는 눈물도 있다는 것을 알았을 때 옥이는 허망했다. 사람들의 표정이 믿기지 않아서 외면한 채 말하는 버릇도 생겼다.

밖은 어두워지기 시작했다. 집집마다 전깃불이 켜지고 있었고, 자동차들도 헤드라이트를 켜서 어둠을 밀어내며 달리고 있었다.

옥이는 골목 입구에 있는 구멍가게에서 두부 한 모와 우거지를 한 줌 샀다. 오늘은 난나 오빠가 좋아하는 국을 끓이고, 반찬을 만들고 싶었다. 요즘은 어디를 돌아다니고 있는지 집에 들어오지 않지만, 오빠가 좋아하는 것으로 상을 봐두고 기다릴 참이다.

들어오면 더욱 반갑겠지만, 오지 않아도 기다리는 것은 그것 자체가 힘이 된다.

옥이는 난나 오빠와 둘이서 자취 생활을 하면서부터 할머니가 저녁마다 왜 집에 불을 일찍 켜지 않으면 혼을 냈는지 그 이유를 알게 되었다.

어두운 밤, 지친 몸을 이끌고 집에 돌아오는 사람들은 먼 데서도 자기 집을 확인할 수 있는 불빛이 비치고 있으면 위로가 되고 희망이 된다. 다른 집은 모두 불이 켜져 있는데, 자기 집만 캄캄하면 초조하고 불안하다.

난나는 옥이보다 더 늦게 들어오는 날이 많았다. 그러나 옥이보다 더 일찍 들어오는 날에도 방에 누워 있으면서 불을 켜지 않았다. 왜 그러고 있느냐고 물으면, 불을 끄고 있는 것이 더 좋다고 옥이가 도저히 이해할 수 없는 대답을 하기도 했다.

오늘 역시 캄캄하려니 짐작하고 골목을 접어든 옥이는 갑자기 가슴속이 환해지는 것을 느꼈다. 창문을 통해서 불빛이 번져 나오고 있었던 것이다.

"오빠, 웬일이야?"

옥이는 방문을 열면서 소리쳤다.

"왜?"

"이렇게 일찍 와서 불을 켜놓고 있으니 말이야."

"가방 챙기느라고 그래."

"가방? 가방은 왜?"

"취직했거든."

"취직? 오빠, 여수 내려가서 복학 안 할 거야?"

"전에도 얘기했지만, 그건 내가 3학년 재수를 하는 거야. 아무튼 취직하기로 했어. 종로에 있는 레스토랑이야."

"레스토랑? 서양 음식 팔고, 술도 팔고 하는 데 말이지?"

"그래. 불이랑 같이 방을 얻어 있기로 했어. 내가 돈 벌어서 할머니 모셔 올 테니 두고 보라구."

"그러지 마, 오빠. 오빠는 공부를 해야 돼. 그게 할머니를 돕는 거야. 오빠 공부 때문에 할머니는 제 명까지 못 사실 거야. 오빠가 없어진 지난 반년 동안 할머니가 어떻게 사신지 오빠는 몰라."

"듣기 싫어, 넌 몰라서 그래. 불이가 일하는 그 목욕탕에 단골로 오는 그 할아버지 이야기를…… 넌 물론 알 수 없지?"

"그 할아버지 이야기라니?"

"이 세상에는 돈이 최고라는 거야. 그분이 전에 무얼 하셨는 줄 알아? 국민학교 교장 선생님이셨대. 돈에 어찌나 깨끗하셨는지 상도 많이 받고, 훈장까지 받으셨다는 거야."

"그래서, 오빠?"

"그런데 정년이 돼서 퇴직하고 나오니까 믿었던 제자가 퇴직금을 몽땅 사기해 가버렸다나."

"그런 나쁜 사람도 제자야?"

"들어 봐. 월부 책장사를 다녀도 먹고살 수가 없더래. 모두가 피하니까. 그래서 지금 그분이 무슨 일을 해서 사는 줄 알아? 근처 예식장의 전속 주례 선생님이야. 주례 못 구한 사람들 주례 서주고 그 일당 받아서 생활하고 있어."

"그것이 오빠 공부하고 무슨 관계가 있어?"

"왜 관계가 없어? 돈보다는 학식을 지키고 살다가 그렇게 된 것인데."

"오빠!"

"뭐."

"오빠는 그럼 스크루지 영감이 되는 것이 소원이야?"

"……."

"솔직히 말해 줘. 오빠가 그런 데 가서 일하려는 다른 이유가 또 있지?"

난나는 고개를 끄덕였다.

— 그렇다. 옥이야. 너한테 얹혀사는 것도 한 가지 이유지만, 정작 중요한 이유가 있다. 나는 내 육신을, 내 마음을 내가 다스리지 못할 때가 있다. 그래서 내 육신한테는 노동으로 피곤하게 하고 싶고, 마음 한테는 욕망을 터뜨리게 하고 싶다. 그러나 이런 것을 너한테 설명하기에는 너는 너무도 어리다.

# 겨울 들녘에 서서

난나는 꿈도 꾸지 않을 정도로 곤히 잠을 잤다. 눈을 떠보니 창문에 겨울의 아침 햇볕이 발그레하게 들어 있었다.

방바닥을 짚고 일어나려는데 팔목이 풀썩 꺾였다. 옆 자리의 불이는 어느새 나가고 없었다.

그제서야 난나는 어젯밤의 일이 생각났다. 레스토랑 '초원의 오두막'에서 돈가스가 올려진 접시 두 개를 깨뜨렸다.

그것은 난나가 잘못했기 때문이 아니라 술 취한 손님이 지나가면서 난나의 어깨를 건드렸기 때문이었다. 그런데도 손님은 도리어 옷을 버렸다면서 난나의 뺨을 갈겼다. 그때 숨 한 번 들이쉬었으면 될 것을 난나는 그렇게 하지 못했다.

눈에 빨간 불이 일자 난나는 머리로 손님의 가슴을 받았다. 손님은 벌렁 뒤로 넘어졌고, 비명 소리를 들은 손님 일행이 난나한테로 몰려들었다. 주방에 있던 불이가 맥주병을 거꾸로 들고 쫓아 나왔다.

지배인이 나서서 이내 싸움은 끝났지만, 난나와 불이는 그달 치 월급을 날짜 계산해서 받은 뒤에, 버려진 술이 싸구려 화학 섬유 카펫에 배어 썩은 냄새가 나고 떠들던 소리들이 싸구려 화학 섬유 벽지에 스며 기어다니는 '초원의 오두막'에서 그날 저녁으로 쫓겨났다.

난나는 세면도구를 담은 작은 손가방 하나만을 들고 서울역으로 가는 버스를 탔다.

서울역에 내린 난나는 비로소 어디로 갈 것인가를 생각했다. 수첩을 꺼내서 주소를 훑어 가던 난나는 황간이라는 지명에서 시선을 멈추었다. '더덕 먹는 모임'의 꿀벌 치는 할아버지가 겨울철에 머문다는 주소가 씌어 있었다. 그 주소는 꿀벌 할아버지의 주민등록증에 기재된 현주소였다.

— 그렇다. 생일 여행을 떠나자. 뒤늦었지만 생일을 자축해 보자.

난나는 경부선 완행열차의 표를 끊었다. 옆 자리에는 흰머리뿐인 노인이 앉았다. 노인은 이내 앞자리에 앉은 청년에게 어깨 너머로 말을 건넸다.

"의자를 서로 마주 보게 돌려 앉으면 어떨까?"

"왜요, 할아버지?"

앞자리의 청년이 마땅찮다는 듯이 고개를 돌려 노인을 보면서 눈꼬리를 치켜떴다.

"아, 그러면 서로가 발도 뻗고 얼마나 좋은가?"

청년이 단호히 거절했다.

"싫습니다."

노인은 혼잣말로 푸념을 했다.
"아무리 혼자 있기를 좋아하는 세상이기로서니 쯔쯧……."
열차가 미끄러져 나갔다. 흐린 하늘 밑으로 흐린 서울이 한강 철교를 건너가면서부터 서서히 뒤로 밀려갔다.
난나는 의자 뒤편으로부터 들려오는 대화에 귀를 기울였다.
"그 화가 누드 그림들, 참 아름답지요?"
"혐오감을 주는 것도 있던걸요."
"그것은 개성의 표현이겠지요. 전 사람의 누드처럼 아름다운 것은 없다고 봅니다. 어떤 물체보다도 눈부셔요."
"가재는 게 편이라 그런 게 아닌가요?"
"그렇지 않아요. 음악에서도 어떤 악기보다 아름다운 소리를 내는 건 사람의 성대이지요."
"이런 말은 오늘 선생님한테서 처음 듣습니다."
"사랑을 나누는 청춘 남녀들을 눈여겨보세요. 얼마나 싱싱하고 아름다운지 몰라요? 난 그들의 진정한 섹스의 표현은 하느님께서 보시기에도 좋으리라고 생각합니다."
"와, 그건 선생님의 지나친 비약입니다."
"그렇지 않아요! D. H. 로렌스 선생은 이렇게 말했지요. '성을 미워하는 것은 미를 미워하는 것이다'라고 말이에요. 그리고 와트슨은 '섹스는 인생의 행복을 좌우한다'고 했고, 또 어떤 사람은 용감하게도 '오늘날 섹스는 사랑의 종점이 아니라 개찰구다'라고 설파했어요."
그러나 아쉽게도 뒷자리의 두 사람은 천안역에서 내리고 말았다. 난나는 그 이후부터 졸았다.

　황간역에 내려서 역 광장에 나갔을 때는 시계탑의 시계가 2시 10분을 가리키고 있었다. 한낮의 역사 지붕 위에는 참새들이 앉아 있었고, 한 스님이 시계탑의 시계를 올려다보고 있었다.

　난나는 늙은 역무원한테 꿀벌 치는 할아버지의 거처가 있다는 안골을 찾아가는 길을 물었다.

　"역 앞에서 완행버스를 타고 20여 분쯤 가면 안골이야. 거기서 내려 물어보게나."

　그러나 안골에서도 꿀벌 치는 할아버지의 거처가 있는 곳까지는 반시간 정도를 더 걸어 산속으로 가야 했다.

　앞에는 작은 저수지가 있고 뒤에는 산이 높았다. 그 산중턱의 비탈에 있는 작은 초가가 꿀벌 치는 할아버지의 집이었다.

　"노인께선 고흥 가시고 없네. 한 나흘 걸리시겠다고 했으니 내일이나 모레 오시겠는걸."

　관리인이라고 하는 사람이 나와서 난나의 위아래를 훑어보며 말했다.

　난나는 막막해졌다. 어떻게 해야 하나 하고 망설이고 있는데, 관리인이 걸레로 마루를 훔치며 앉으라고 권했다.

　난나는 비로소 '홀로'라는 것을 깨달았다. 갑자기 서울의 그 복잡하고 수선스럽던 아침나절까지의 일이 까마득하게 느껴졌다.

　난나는 관리인이 요기라도 하라고 내준 삶은 고구마에 김치를 얹어서 먹었다.

　관리인은 벌통을 보러 간다며 자리를 떴다. 난나는 벌 한 마리가 따뜻한 마루의 햇빛에 계절을 착각을 했는지 앵 하고 날아와서 눈이 부신 창호지 문의 문살 위를 사각사각 기어가고 있는 소리를 들었다.

난나는 문득 자신이 이곳에 왜 왔는지를 생각했다. 꿀벌 치는 할아버지를 찾아서? 아니다. 뒤늦은 생일 여행을 떠나온 것이다. 난나는 비로소 꿀벌 할아버지가 있고 없고를 떠나 여기서 하룻밤 묵어가야겠다고 마음먹었다. '홀로'되어 '홀로'를 지켜보면서.

난나는 텅 빈 겨울 산간의 좁은 들녘을 바라보았다. 벌거벗은 나무들의 정직한 모습을 바라보았다. 물을 마시면서 이 세상에 나오기 직전의 자신의 모습을 그려보았다. 발가락을 하나하나 세어 보았다. 손가락을 하나하나 세어 보았다. 오른손으로 양쪽 귀를 만져 보고, 양쪽 눈을 확인했다. 코를 쓸어 보고, 입도 턱도 쓸어 보았다. 어깨를 거쳐 앞가슴으로 그리고 옆구리로 해서 허벅지와 무릎과 발등도 일일이 확인해 보았다.

난나는 어느 것 하나도 덜하지도 더하지도 않고 제자리에 있는 자신의 신체가 새삼스럽게 감격스러웠다. 열차의 뒷자리에서 사람이 가장 아름답다고 말하던 사람한테 달려가서 자신이 '사람'이라는 것을 자랑하고 싶었다. 손가락 열, 발가락 열, 귀 둘, 눈 둘, 코 하나, 입 하나, 게다가 그것들은 정확하게 있을 데에 있었다. 그리고 알맞은 어깨와 팔과 허리와 다리를 가지고 있노라고 말하고 싶었다.

이날 밤, 난나는 청솔로 군불을 넣은 온돌방에서 잠을 잤다.

이튿날 아침, 난나가 눈을 떠보니 창호지 문이 유난히도 하얗다. 일어나서 문을 연 난나는 너무도 놀라운 풍경에 숨도 쉬지 못했다.

온 세상을 새하얗게 뒤덮어 버린 눈.
난나는 갓난아기처럼 응아응아 하고 울고 싶었다.
새로 태어났다고 소리 지르고 싶었다.

# 가슴속의 밀실

난나는 눈 쌓인 산촌에서 쨍쨍 울리는 아이들의 말소리를 듣고 있었다. 그것은 눈 무게를 이기지 못해 제 삭정이를 부러뜨리는 나무 소리 속에서, 그리고 간혹 다복솔밭 속으로 푸드덕거리며 숨는 꿩 소리 속에서 참으로 종소리처럼 맑고 밝게 들려왔다.

난나는 걸음을 멈추고 가만히 산모퉁이를 지켜보았다. 벼랑의, 양산처럼 가지를 둥글게 편 드높이 서 있는 소나무에서 한 무더기 눈이 갑자기 쏟아져 내렸다. 눈가루가 바람에 쓸리자 개가 두 마리 나타났다.

아이들은 밭언덕에 넘어졌다가는 일어나고 달리다가는 다시 넘어지는 장난을 계속했다. 그 뒤로 또 다른 아이들이 셋 나타났다. 맨 앞에 선 아이는 바지게 작대기를 들고 있었고, 또 한 아이는 도낏자루 같은 것을 들고 있었다.

"여, 여기에 토끼 발자국이 있다."

"아니야. 그렇게 생긴 것은 산짐승 발자국이 아니야."

"이것 봐. 이건 노루 발자국이지?"

"어디? 정말, 산짐승 발자국은 틀림없는데?"

"그것도 아니야. 우리 바둑이 것이야. 그 곁에 니네 멍멍이 것이 또 따라가고 있잖아."

난나는 혼자서 싱긋 웃었다. 그렇다. 저 아이들은 토끼 발자국을 찾고 있다. 눈밭 위에 찍힌 토끼 발자국을 쫓아가면 마침내 토끼가 잠을 자고 있는 양지바른 곳에 이를 수 있을 것이라고 믿고 있겠지.

난나는 아이들과는 반대로 산 아래 마을을 향한 언덕으로 접어들었다.

산그늘을 빠져나오자 들녘이었다. 눈 덮인 들녘에 빈 데 없이 쏟아지는 햇빛에 난나의 눈은 황홀하게 열렸다.

난나는 손을 이마 위로 올려서 눈을 부시게 하는 눈빛을 사그라뜨렸다. 그제서야 난나는 길이 사라져 버린 것을 깨달았다. 눈으로 덮인 들녘은 전부가 열려 있기도 했고, 또한 전부가 막혀 있기도 했다.

난나는 어느 책에선가 본 적이 있는, 눈길은 첫 사람이 잘 가야 한다는 말을 생각해 냈다. 처음 간 사람이 길이 아닌 길을 가게 되면, 그 뒤에 오는 사람들이 모두 길을 잃고 헤매게 된다는 것이다.

난나는 마침 건너편에 나타난 사람을 발견했다. 두 사람이었는데 그들은 이 들녘을 잘 아는지, 난나처럼 망설이지 않고 곧장 눈 속에 숨은 길로 가로질러 왔다.

난나도 마주 오는 사람들을 향해 어림잡아 발을 옮겨 놓았다. 앞에서 오는 사람과의 거리가 좁혀지자 난나는 너무나 뜻밖의 만남에 놀라서 소리를 질렀다.

"할아버지!"
저쪽도 난나를 알아보았다.
"난나 아니냐?"
"꿀벌 할아버지!"
"어디 왔다 가는 길이냐?"
"할아버지네 집에요. 어제 왔었는데 지금 돌아가는 길이어요."
"원, 녀석도. 나한테 왔으면 나를 만나고 가야지. 자, 가자."
꿀벌 할아버지는 장작개비 같은 손으로 난나의 손목을 꼭 잡았다.
꿀벌 할아버지 곁에는 모자로 이마를 덮고 코에 마스크를 해서 눈만 드러낸 사람이 따라오고 있었다.
꿀벌 할아버지의 거처에 이르자 비로소 그 사람은 모자와 마스크를 벗었다.
무심코 그 사람의 얼굴을 건너다본 난나는 너무도 충격적인 모습에 움찟 몸을 사렸다.
무너지고 없는 콧등, 그리고 지워지고 없는 눈썹, 입술도 약간 엇물려 있었다.
그러나 꿀벌 할아버지는 도리어 재미있다는 표정으로 빙그레 웃으며 소개했다.
"이분은 소록도에 계시다가 나오신 한 선생이시다. 인사드리거라."
난나는 잔뜩 긴장한 채로 절을 꾸벅했다.
"이 학생은 우리 '더덕 먹는 모임'의 장학생인 난나 군이야."
그러자 한 선생이라는 분이 불쑥 난나 앞으로 손을 내밀었다.

그 손을 내려다본 난나는 또 한 번 기겁을 했다. 손가락이 문드러지고 없는 조막손이었던 것이다.
한 선생이 눈에 웃음을 담고 물었다.
"왜? 문둥병이 옮을까 봐?"
난나는 고개를 저었다.
"그럼 뭐가 무서워 악수하지 않는 거지?"
난나는 가까스로 손을 내밀었다. 그러나 한 선생의 손은 이미 거두어진 뒤였다.

꿀벌 할아버지가 난나한테 차를 따르면서 말했다.
"칼릴 지브란이라는 사람의 시구에 이런 구절이 있다. '지옥이란 고통 속에 있지 않고 공허한 가슴속에 있는 것이며, 아름다움이란 얼굴에 있는 것이 아니라 가슴속의 빛이 곧 진정한 아름다움이다.' 이렇게 말한 것을 나는 기억하고 있다."
한 선생이 두 손바닥으로 찻잔을 싸안아 들고 말했다.
"그러나 두려운 것은 두려운 것이죠. 아무리 병이 나았다고 하지만, 눈썹이 없는 문둥이의 조막손을 잡기란 여간한 용기가 아니고서는 어려운 것입니다."
"하지만 난나는 달라. 우리들 가슴속의 빛을 알아보는 소년이거든."
난나는 머리를 숙이며 말했다.
"아닙니다. 저도 이젠 가슴속의 빛을 알아보는 눈이 이미 멀어 버린 지 오래되었습니다."

꿀벌 할아버지도, 한 선생도 찻잔에서 입을 떼고 물끄러미 난나를 바라보았다.
참새 날아가는 그림자가 창호지 위에 떠올랐다. 처마 끝의 눈이 녹아 흐르는, 낙숫물 듣는 소리가 간간이 들려왔다.
"난나야."
"……."
"너는 곧 한 선생을 좋아하게 될 것이다."
"……."
"한 선생은 지금 지리산 속에서 약포를 재배하면서 살고 계신다. 한 선생이 하시는 일 가운데서 여치를 부화시키는 일도 말해 주고 싶구나."
한 선생이 쑥스럽다는 표정으로 할아버지의 말을 막고 나섰다.
"그런 게 무슨 이야깃거리가 됩니까?"
"되지요. 되고말고요. 다른 사람들한테는 하잘것없는 웃음거리일지 모르나, 우리 '더덕 먹는 모임' 사람들한테는 아주 큰 뉴스입니다."
꿀벌 할아버지는 생고구마를 깎으면서 말을 이었다.
"남들은 돈벌이를 위해서 굼벵이도 키운다더라만, 한 선생은 우리들의 고향 소리를 살리려고 여치를 키우시는 분이다. 부화한 여치를 곤충 채집통에 넣어 가지고는 도시의 공원을 찾아다니고 계셔. 한 선생이 놓아둔 여치들이 도시의 공원 풀숲에서 찌르르르 찌르르르 울면 콘크리트로 포장된 도시 사람들도 가슴을 열 수밖에 없을 것이다. 난나가 여치를 부화시켜 여수의 자산 공원에서 풀어 준 것도 벌써 다섯 해 전 일이군. 그렇지? 난나야."

난나가 모처럼 입을 열었다.

"그럼 지금 여치를 얼마나 키우고 계셔요?"

한 선생은 칭찬을 듣는 것이 겸연쩍은 듯 방바닥을 내려다보면서 대답했다.

"다섯 해 전에 여치를 키웠다면 난나가 내 선배가 되는 셈이군. 난나야, 정말 대단하구나. 내 경우에는 처음에는 여치 57마리를 산 채로 잡았지. 그래서 교배를 해서 산란시켰더니 다음 해에는 3백여 마리가 되더구나. 그 여치들이 이듬해에는 1천5백 마리로 늘어나고, 그리하여 작년에는 1천 마리를 서울과 부산, 광주 등지에 내보내고도 지금 현재는 5백여 마리가 2천여 개의 알을 놓았지."

"아저씨도 우리 '더덕 먹는 모임'의 회원이 되셔요. 꿀벌 할아버지께서도 말씀하셨겠지만 자연에 이로운 일을 하는 사람이면 누구나 우리 모임의 회원이 될 수 있거든요."

한 선생의 얼굴에 미소가 어렸다. 난나는 비로소 가슴속의 빛이 어리는 한 얼굴을 보았다. 일그러진 부분조차도 잘 익은 유자처럼 넉넉한 빛을 띠고 있었다.

이날 밤 난나는 스스로 한 선생님과 함께 자겠다고 말했다.

밤이 깊어 갈수록 바람 소리가 커갔다. 난나는 눈을 감은 채 산기슭의 전나무를 흔드는 바람 소리를 듣고 있었다.

# 하느님과 돈

난나는 불이를 따라서 동광탕의 때밀이 일을 시작했다. 황간에서 꿀벌 할아버지를 만나 보고 올라온 직후부터였다.

난나는 아침 4시면 보일러실의 윙 하는 시동 소리에 잠이 깼다. 불이가 바깥의 셔터를 올리고 오는 사이에 난나는 탕에 물을 받고 사우나실의 스팀을 올린다. 그러고는 라디오의 다이얼을 돌려서 〈농어민 시간〉을 들었다.

"농어민 여러분 안녕하십니까? 어떤 분께서는 벌써 일어나 소죽을 끓이고 계시겠군요. 어떤 분께서는 어선을 타고 바다에 나가 꼬박 밤을 새우시기도 하셨겠구요……. 지금 이렇게 해동이 될 때에는 보리밭을 밟아 주어야 하지요. 그렇지 않으면 보리가 웃자라서……."

난나는 아나운서의 이런 말을 듣는 것만으로도 서울 멀미를 다소나마 가라앉힐 수가 있다. 먼동이 트면 방 안 윗목을 더듬어 남폿불을 켜는 벽지의 사람들. 새소리 속에 기침으로 인기척을 섞는 사람들. 웃자락으로 길섶 풀 더미의 이슬을 털며 길을 여는 사람들.

 목욕탕의 손님들은 이른 아침 뻘 밭의 게들의 눈과 같은 눈을 비비며 나타났다. 하품을 하며 후줄근한 옷들을 벗었다. 아침 손님들은 대부분 옷에서 술 냄새가 짙었는데, 더러는 납 냄새 같은 것을 묻혀 오는 사람도 있었다.

 얼굴처럼 사람들의 알몸 또한 여러 형태였다. 마른 명태 같은, 갈비뼈가 툭툭 불거진 사람이 있는가 하면, 배가 불룩 처진 사람도 있고, 때로는 등에 여자의 손톱자국이 선명한 사람도 있었다.

 살갗에 윤이 나는 몸은 역시 건강한 청년의 그것이었다. 동아줄 같은 근육과 탄력, 미술 교과서에 나오는 희랍 조각에서 왜 그것이 돋보이는지를 난나는 알 것도 같았다. 박 속 같은 하얀 여림, 그들이 물속에 들어가 있으면 물빛도 엷은 우유빛이 되었다.

 때를 밀려고 하는 사람들 중에서 난나는 가능하면 노인과 아이들을 맡았다. 아직 숙련이 되지 않아 힘이 부치기도 했지만, 사지가 멀쩡한 젊은 사람이 자기 한 몸 닦는 것조차도 돈으로 대신하려는 것이 싫었기 때문이었다. 예전에는 옆 사람한테 자기 손길이 닿지 않는 등이나 서로 부탁했다.

 그 사건은 불이가 늦은 점심을 먹으러 간 사이에 일어났다.

 난나가 대야를 치우고 있는데 "야" 하고 부르는 소리가 들렸다. 돌아보니 자주 들르는 뱀눈이 침대 위에 배를 깔고 누워 있었다. 그는 근처 카페에서 웨이터를 하고 있는 난나 또래였다.

 "빨리 와 닦아."

"좀 기다려."

"어쭈, 이 새끼가 누구한테 반말이야."

"너 군대 갔다 왔어? 왜 노숙한 척해."

"갈수록 산이네. 너 몇 살 먹었어?"

"내가 묻고 싶은 게 그건데, 참고 있는 거야. 네 단골이 곧 올 테니 그 친구한테 닦아."

"이 새끼야, 난 바쁘단 말이야."

할 수 없이 난나는 수건을 들었다. 그런데 옆구리를 닦을 때부터 시비가 일었다.

"야, 너 이렇게 닦아 주고도 돈 받냐?"

"어째서?"

"이건 간지럼 태우는 것이지, 때를 미는 것이 아냐."

난나는 수건을 잡은 손에 힘을 주었다.

"너 왜 이래?"

"어째서?"

"껍질을 벗길 참이야."

난나는 그의 복부에 주먹을 던지고 싶은 것을 꾹 참았다. 물을 끼얹고 비누를 찾았다.

"야, 발뒤꿈치도 안 닦고 비누질하려고 그래?"

"발뒤꿈치는 저기 있는 돌 가지고 니가 닦아."

"내 돈이 물 돈인 줄 아는군, 이 새끼가."

"물 돈이고 쇠돈이고 니 발뒤꿈치 때는 못 벗기겠다."

"이 새끼가, 우리는 돈 받는 시중이라면 죽은 시늉까지도 다 한다."

"그러고 보니 네놈의 하느님은 돈인 게로구나. 넌 돈독이 올라서 뒤어질 놈이야."

돌아서는 순간 난나는 옆구리가 쿡 받치는 것을 느꼈다. 멈칫하고 돌아서자 다시 정면으로 뱀눈의 주먹이 날아왔다.

난나 또한 가만있지 않았다. 머리로 뱀눈의 턱을 받았다. 둘은 이내 목욕탕 바닥에서 뒹굴었다. 힘이 부친 난나는 오직 뱀눈의 긴 머리를 두 손으로 감아쥐고 놓지 않았다.

보일러 일을 보는 김씨가 쫓아 들어왔고 불이가 달려왔다.

"이거 놔, 못 놔? 주인 보면 난나 넌 쫓겨난다."

탕 속에 들어 있던 한 중년이 끌끌 혀를 차며 말했다.

"이제까지 팬티 입고 하는 권투는 보았어도 이렇게 벌거숭 벗고 하는 싸움은 첨 보는군."

얼굴이 거칠게 늙은 한 노인이 말했다.

"싸움을 해도 꼭 불쌍한 놈이 불쌍한 놈을 잡아먹으려고 한단 말이야, 쯔쯧."

이 말을 듣자 난나의 팔에서는 스르르 힘이 빠졌다. 뱀눈도 더는 난나를 공격하려고 하지 않았다.

노인이 난나한테 찬물을 확 끼얹으며 야단을 쳤다.

"이놈들아, 너희놈들은 물방개 같은 놈들이다. 누가 잘났다고 할 수도 없어. 서로 불쌍히 생각하고 살아야 할 처지에……."

난나는 탈의장에서 묵묵히 옷을 입었다. 뱀눈도 눈을 내리깔고 옷을 입었다. 불이와 함께 셋은 목욕탕에서 나와 분식집으로 들어갔다.
뱀눈이 라면 셋을 주문했다.
불이가 입을 열었다.
"야, 팁 위세를 부리려면 다른 데도 많은데 어디 부릴 데가 없어서 우리 같은 때밀이 앞에서 그렇게 요란을 떨어."
난나는 날계란 하나를 집어서 눈이 부은 뱀눈한테로 넘겼다.
불이가 이번에는 난나를 보면서 말했다.
"난나 너도 그렇지. 발뒤꿈치 닦는 게 뭐가 어때서 그래? 우리는 돈 보고 닦는 것이지, 사람 보고 닦냐?"
불이가 소주도 시켰다. 셋은 잔을 서로 부딪치고 단숨에 마셨다.
난나는 달아오르는 열기를 입 안에서 덜어 내려고 냉수를 한 컵 마셨다.
"불쌍한 녀석들이라는 노인 말씀에 정신이 들더군. 왜 우리끼리 치고받고 해야 돼. 패줘야 할 놈들은 따로 있는데."
뱀눈이 난나 앞으로 손을 내밀며 말했다.
"내가 돈 위세에 하도 당해서 나도 모르게 그런 심술이 생긴 모양이야. 미안해. 사실은 여우처럼 부정해서 잘 먹고 잘 사는 놈들한테 내 발뒤꿈치를 닦게 해야 하는 건데."
불이가 입술을 깨물며 말했다.
"엉터리야. 신문을 봐. 권력 가지고 도적질해 먹다가 감옥 가는 놈들의 그 뻔뻔한 얼굴들을 봐. 전에 뭐라고 했던 놈들인지 알아? 정직하고 성실히 사는 사람이 잘 사는 정의로운 사회가 되게 하겠다고 떠

들어 댄 놈들이야. 웃겨." 그리고 힐끗 난나를 보면서 말을 이었다. "우리도 기회가 오면 훔치는 거야. 못 훔쳐 먹는 놈이 바보지. 나는 언제나 무죄가 되고 싶어. 유전무죄 무전유죄라는 말보다 더 돈의 정체를 까발긴 말은 없어. 난 언제나 무죄로 살고 싶어."

건너편 탁자에서, 등을 난나네 쪽으로 돌리고 떡국을 먹고 있던 머리가 흰 사람이 고개를 돌렸다. 목욕탕에 자주 오는 직업 주례 선생이었다.

"듣자 듣자 하니까 큰일날 소리까지 나오는구나."

"사실이 그렇지 않아요, 선생님."

"아니야. 그것은 너희들이 잘못 알고 있는 것이다. 이 세상은 악한 사람들보다도 선한 사람들이 몇 배나 더 많아. 그리고 결국에는 선한 사람들이 잘되는 게 세상의 순리지. 그래서 지구호가 아직도 안 엎어지고 가고 있는 거야."

"숫자로 보면 그럴지도 모르지요. 그러나 큰 죄를 짓는 도둑놈들은 들키면 재수를 탓하고, 안 들키면 뻣뻣이 잘 먹고사는 세상인데 우리더러 어찌 착하게만 살라고 하시지요?"

"나는 잘 먹고 잘 입고 즐기면서 사는 것만이 잘 사는 것이라고 생각하지 않는다. 양심에 거리낌 없이 자기 일 하고 사는 것이 잘 사는 삶이라고 믿고 싶어. 양심의 무죄가 진정한 무죄라는 걸 너희들은 왜 모르지?"

그들은 창 너머로 회색 하늘에 눈을 준 채 묵묵히 앉아 있었다.

# 한 줄기 핏자국

　옥이는 어둠 속에서 별스럽게도 많은 이야기를 했다. 난나가 잠 속으로 빠질 만하면 깨웠다.
　"오빠."
　"……."
　"오빠, 자?"
　"아니."
　"오빠, 나 좋은 노래 하나 배웠다."
　"무슨 노랜데?"
　"물레방아 노래야, 오빠. 불러 볼까?"
　"그래."
　옥이는 큼큼, 기침을 하더니 노래를 불렀다. 자장가처럼 가만가만히 불렀다.

그렇게도 어둡고
가난한 세월을 돌리며
물구슬 기쁨을 튕겨 왔는데
돌아가는 강 자락을
감고 감으며 돌려
할머니 빈 가슴속 가득
물소릴 속삭여 주었는데
산을 버리고
강을 버리고
물보라 속 무지개도 버리고
전깃불 따라 떠나갔느냐
떠나갔느냐.

"그건 창인데?"
"젊은 대학생들이 만들었대. 성당에서 마련한 불우 이웃 돕기 공연장에서 배웠어."
"너도 도왔어?"
"그럼, 돕지 않고? 내 주머니 속에 있던 2천5백 원을 다 넣었어."
"바보야, 공장 다니면서 사글셋방에 사는 우리가 바로 그 불우 이웃이야."
"아니야, 오빠. 우리는 부자야."
"무어가 부자야?"

"쌀이 두 말이나 있고, 연탄이 53장이나 쌓여 있고, 김치도 작은 독 하나가 그대로 남아 있고."

난나는 일어나서 불을 켰다.

윗목의 썰렁한 옷장, 그것은 주인집에서 버리려다가 만 원에 판 것이다. 서 말들이 쌀통, 그것도 중고품 점포에서 3천 원에 샀다.

"옥이야, 정말로 부잣집은 어떻게 사는지 말해 줄까?"

옥이는 고개를 저었다.

"오빠, 생각나? 갯벌에 살 때 우린 여러 가지 밥을 먹었지?"

"그래. 그중에서도 고구마 밥을 많이 먹었지?"

"콩나물밥은 비벼서 먹으면 맛있었지. 그렇지, 오빠?"

"무밥도 비벼 먹어야 해."

"술지게미를 얻어다 끓여 먹은 적도 있었어."

"맞아. 할머니가 당원을 넣고 끓여 주셨지. 그걸 먹고 학교에 갔다가 고꾸라져 자던 날이 생각난다."

"오빠, 그래도 지금 우리가 부자 아냐?"

난나는 전깃불을 끄고 다시 자리에 누웠다.

자동차의 클랙슨 소리가 멀리서 들려왔다.

난나는 문득 자동차 뒤를 따라다니던 때가 생각났다. 연기 속에 섞여 있던 휘발유 냄새. 그 냄새를 맡으려고 연기를 수증기처럼 쐬며 쫓아다니던 대여섯 살의 그때가 바로 어제 같았다.

"오빠."

"……"

"오빠, 자?"

"아니."

"오빠, 할머니가 가죽나무 태워 주시던 일 생각나?"

"나도 지금 그 생각을 하고 있는 참이다."

하루는 골목에서 놀고 있는데, 원두네 집에서 고기 굽는 냄새가 솔솔 났다. 난나와 옥이는 돌담에 붙어 서서 그 냄새를 킁킁거리며 맡고 있다가 할머니한테 들켰다. 난나와 옥이의 손목을 끌고 집에 온 할머니는 둘을 부엌 아궁이 앞에 앉히고 불을 땠다. 그런데 신통하게도 그 나무는 고기 냄새를 피웠다.

"오빠, 그래도 그때가 좋았어."

"이런 조용한 밤이면 할머니가 옛날이야기를 해주시곤 했지."

"우리 안방 윗목에는 고구마 씨 동이가 있었지, 오빠. 그리고 할머니가 기르시는 콩나물 통도 있었고, 오빠, 생각나지?"

"……."

"오빠, 자?"

난나는 옥이 쪽으로 등을 돌렸다. 그러나 옥이는 난나 곁으로 바짝 다가오며 긴장된 목소리로 말했다.

"오빠, 우리 엄마 이름이 한영자, 맞지?"

"건 또 왜?"

"오빠, 사실은 내가 오빠 몰래 한 달 동안 한 일이 있어."

"무슨 일을?"

"서울 전화번호부에 나온 한영자라는 이름을 가진 사람들한테 다

전화를 걸어 봤어."

"뭐라구?"

"서울 전화번호부에 나온 한영자라는 사람이 몇 명이냐 하면 53명이야, 오빠. 그래서 하루 두 사람씩, 점심시간에 한 사람, 퇴근 시간에 한 사람씩 해서 다 전화를 걸어 보았어."

"그랬더니?"

"꼭 한 사람, 우리 고향 사투리가 섞인 말 쓰는 분이 있었어, 오빠."

"너 미쳤구나. 더 듣고 싶지 않으니까 입 다물어! 알았지?"

난나는 베개를 들고 반대편으로, 옥이의 발부리에 머리를 두고 누웠다. 두근대는 가슴을 방바닥에 붙였다. 그런데도 좀체로 진정되지 않았다.

난나는 속으로 마음한테 말했다.

— 아무것도 아니다.

— 아무것도 아니다.

— 어린것들을 두고 떠난 당신은 여자일 뿐이지, 우리 어머니는 아니다.

그런데도 왜 이리 피가 뛰는지, 난나는 알 수가 없었다.

마침내 잠이 든 난나는 꿈속에서 핏자국을 따라가고 있었다.

하얀 눈길 위에 외줄로 나 있는 빨간 핏자국, 그런데 산굽이를 지날 때쯤에 웬 가면 쓴 사람이 나타나서 난나 앞을 가로막았다.

그가 비켜 도망가려고 하는 난나의 발을 건다. 난나가 넘어진다. 난나의 무릎에서 피가 난다. 난나는 피를 흘리며 핏자국을 쫓아간다.

난나는 재를 넘는다. 바다가 내려다보인다. 바닷가 모래밭에서는 한 아이와 한 아버지와 한 어머니가 어우러져서 놀고 있다. 핏자국은 거기까지 이어져 있다.

난나는 돌아선다. 발로 자기 피도 지우고, 따라온 피도 지운다. 산굽이를 돌아오는데 옥이가 있었다. 가면 쓴 사람이 옥이 앞을 막고 서 있다. 옥이가 그 사람의 가면을 벗겨서 던진다. 가면 아래 나타난 얼굴은 아아, 아버지, 아버지이다.

그다음 꿈에서 난나는 칼을 들고 있었다. 양옥집의 높은 담장을 넘어 들어간다. 정원에서 한 여자가 흔들의자에 앉아 있다 말고 깜짝 놀란다.

— 무엇이, 무엇이 필요해요? 돈은 저기 저 방에 있어요.

— 돈, 그런 것은 필요 없습니다.

— 그럼 무엇을?

— 난 갯밭에서 온 난나, 서난나예요. 어머니를 훔치러 왔습니다. 당신은 모르지요? 자식한테 어머니가 얼마나 필요한지 알기나 해요? 당신만 외롭지 않으면 되는 거예요? 그래 가지고도 어른이라고 할 수 있어요?

난나의 잠꼬대에 옥이가 일어났다. 옥이는 전깃불을 켜고 난나의 얼굴을 들여다보았다. 난나의 얼굴은 무섭게 일그러져 있었다. 그리고 연신 입술은 무엇인가를 중얼거리며 움직이고 있었다.

# 바람 이는 저녁

옥이에게.

이 동네 이름은 화산리(花山里)이다. 예전에는 꽃뫼라고 불렀다고 한다. 그러나 지금은 쓰레기 뫼이다. 이 마을 사람들이 거의 쓰레기 뒤지는 일을 해서 벌어먹고 살기 때문이다.

마을은 한 50호쯤 된다. 그러나 한 집에 셋방살이를 하고 있는 사람들이 더 많아 가구 수로는 1백 가구가 넘을 것이다. 노인이, 그중에서도 할머니들이 많으며 집집마다 개가 한두 마리씩 있다.

불이와 내가 지금 묵고 있는 숙소는 폐차된 버스이다. 전에는 여기에서 막벌이꾼들을 상대로 국수나 막걸리 등을 팔았던 것 같다. 그런데 날이 갈수록 벌이가 신통찮아 비워 둔 것을 우리가 대신 들어와 살고 있다.

이런 일이 있었다. 일을 마치고 불이가 권해서 고량주를 두 잔 마시고 들어와 이내 잠이 들었다.

새벽녘이었어. 한기가 느껴져서 눈을 떴더니 홑이불이 저 혼자 발아래로 밀려가 있는 거야. 홑이불을 끌어당겼어. 그런데 아무리 끌어당겨도 올라오지를 않아서 일어나 보았더니 그건 홑이불이 아니라 달빛이었다.

외눈박이 안경알처럼 간신히 하나 남은 작은 유리창을 넘어서 고즈넉하게 들어와 있는 새벽 달빛. 이 맑은 달빛 속에서 나는 이렇듯 우리의 피를 때때로 달빛으로 맑게 한다면 얼마나 좋을까 하고 생각해 봤다. 노동자들이 일하면서 부르는 노랫말처럼 욕심 부리지 않고 살아갈 수 있는 세상이 될 텐데.

그러나 이 땅은 하느님의 약속과는 달리 가진 자에게는 더 큰 희망을 주고, 가진 것이 없는 자에게는 더 큰 절망만을 줄 뿐이다.

며칠 전 우연히 일터에서 만난 대학원생 형은 "컴퓨터라는 계산기가 있는데" 하고 이런 말을 들려주었다.

컴퓨터에 현재 13평 형 아파트에 사는 말단 사원의 아들과 50평 형 아파트에 사는 사장 아들의 자료를 넣어 보았더니, 이런 예상을 내리더라는 거야.

13평짜리에 살고 있는 말단 사원 아들은 도시 빈민이 될 확률이 60퍼센트 이상임. 평생 임대 주택 신세를 면치 못할 것이며, 아버지보다 더 어려운 형편에 처할 것임.

50평짜리 아파트에 살고 있는 사장 아들은 사회 지도층에 이를 확률이 60퍼센트 이상임. 머지않아 더 큰 부동산을 소유할 것이며, 직위도 고위직에 이를 것임.

이 말을 들은 불이는 지금의 이 막차를 놓칠 수 없다고 했다. 불이가 말하는 막차란 부유층의 대열에 합류하는 것이다. 그리고 그 목적을 이루기 위해서는 도둑으로라도 나서겠다는 것이다. 물론 밤마다 다리가 욱신거려 잠을 제대로 이룰 수 없도록 짓밟은 원수를 갚겠다는 생각도 그보다 못지않았다.

그러나 나는 불이와는 생각이 다르다. 나는 인간의 행복에서 물질이 가장 큰 자리를 차지한다고는 생각하지 않는다.

갯밭에 살 때 우리는 가진 것이 거의 없었다. 약간의 배고픔 속에서도 할머니의 팔베개를 베고 누우면 우리는 아늑했다. 따뜻한 아랫목에 발을 집어넣을 수 있는 것만으로도, 할머니의 옛이야기를 들을 수 있는 것만으로도 우리는 넉넉했다.

우리는 그 넉넉함을 회복하면 되는 것이다. 그것은 사람으로 되는 일이지, 돈으로 이루어지는 일은 아닐 거야.

나는 언제나 할머니와 너를 생각하고 있다. 그리고 아버지도, 또한 어머니도 생각한다. 옥이, 네가 말한 그 전화번호의 여자는 내가 역부러 찾아가서 몰래 확인해 보았다. 전라도 여자임엔 틀림없었지만, 우리 어머니가 아닌 것만은 확실해. 옥이야, 섭섭하더라도 어머니 찾는 것은 단념해. 밤이 깊었다. 또 편지 쓰마.

잠이 오지 않는 밤.

오빠 씀.


난나는 편지를 넣기 위해서 우체국 쪽으로 갔고 불이는 시장 쪽으로 갔다. 한 시간쯤 후에 다시 만난 둘은 사람이 적은 뒷골목 길을 잡아 걸었다. 난나가 불이에게 물었다.

"뭘 샀지?"

"여자 팬티스타킹 둘 샀어."

"그건 왜?"

"복면해야 되니까."

"복면?"

"그럼 얼굴 내놓을 자신 있어?"

"알았어. 그리고 또 뭘 샀어?"

"칼도 샀어."

"등산용?"

"아니, 일식집 주방용 칼이야."

"그건 회칼 아니야?"

"맞아."

"그 칼을 정말 사용할 거야?"

"그쪽이 나오기에 따라서지."

"그러면 안 돼. 우리가 죽을 수도 있어."

"한 번 죽지. 두 번 죽나 뭐?"

"그렇지만 한 번뿐인 생이야."

"웃겨. 어떤 잡지에 보니까 우리가 살고 있는 지구와 우주를 비교한 글이 있었어. 우리가 얼마만한 크기인 줄 알아?"

"몰라."

"우리가 사는 지구를 우주 전체에서 본다면 먼지 하나에 불과하다는 거야."

"먼지? 우리 지구가 먼지 하나에 불과하다고?"

"그래, 그런데 그 속에 사는 30억 분의 일에 불과한 우리 같은 인간이야 말해 뭘 해."

"생명을 어떻게 크기로 비교해 말할 수 있지? 한 사람의 생명은 지구보다도 더 크고 우주보다도 더 거룩하다고 말한 분도 계셔."

"알았어. 그만 해."

불이는 칼을 꺼내 길가 집의 담장 위로 나와 있는 장미 넝쿨을 싹둑 잘라서 길바닥에 버렸다.

난나는 장미 넝쿨을 주워 들고 묵묵히 불이 뒤를 따라갔다.

둘은 선 채로 안정제를 먹었다.

난나는 시계를 보았다. 8시 52분, 불이가 혼잣말처럼 목소리를 낮추어 말했다.

"아직도 두 시간 이상 더 기다려야 돼."

"그럼 어딜 가지?"

"독서실에 가서 시간을 보내는 게 좋겠어."

"책도 없는데?"

"괜찮아, 그냥 하숙집처럼 잠만 자러 독서실에 가는 녀석들도 있으니까."

"이미 시작했겠지만, 영화관에라도 가면 어떨까?"

"안 돼. 요즘은 단속이 심해서 재수 없게 검문이라도 받게 되면 끝장이야."

불이는 오른손으로 왼편 가슴을 짚었다. 거기에는 칼이 들어 있었다.

둘은 일부러 하품을 해 보이면서 독서실로 들어갔다. 책상에 팔베개를 하고서 얼굴을 묻었지만, 잠이 올 리 만무했다.

난나는 창문턱에 나뒹굴고 있는, 표지가 찢겨져 나가고 없는 책을 집어 들었다. 아무 페이지나 잡히는 대로 읽었다.

물컵보다 조금 작은 비닐 화분에 팬지 꽃 한 포기를 얻어 작업장 창턱에 올려놓았습니다.

행복동의 영희가 최후의 시장에서 사온 줄 끊어진 기타를 치면서 머리에 꽂았던 팬지 꽃. 화단의 맨 앞줄에나 앉는 키 작고 별로 화려하지도 않은 꽃이지만, 12시의 나비 날개가 조용히 열려 수평이 되듯이, 팬지 꽃은 그 작은 꽃봉지를 열어 벌써 여남은 개째의 꽃을 피워 내고 있습니다.

한 줌도 채 못 되는 흙 속의 어디에 그처럼 빛나는 꽃의 양식이 들어 있는지…….

흙 한 줌보다 훨씬 많은 것을 소유하고 있는 내가 과연 꽃 한 송이라도 피울 수 있는지. 5월의 창가에서 나는 팬지 꽃에게 부끄럽기만 했습니다.

난나는 갑자기 몸에 열이 나는 것을 느꼈다. 잠바의 지퍼를 열고 속옷의 목을 잡아당겨 늘였다.

불이가 난나를 건너다보면서 물었다.
"왜 그래?"
"갑갑해. 갑갑해 죽겠어."
"나가자."
그러나 밖에 나왔어도 난나의 갑갑 증세는 가라앉지가 않았다.
불이가 시계를 들여다보면서 말했다.
"지금 시간이 11시 37분이야. 그럼 지금부터 행동으로 들어가는 거야."
둘은 연습해 두었던 대로 골목에 접어들면서부터 민첩하게 움직였다. 그런데 공교롭게도 가로등이 있는 골목 굽이에서 인기척이 났다.
불이가 다급히 난나한테 짧게 말했다.
"업혀!"
난나는 영문도 모른 채 불이한테 업혔다. 앞에 나타난 두 사람은 방범대원이었다.
방범대원 쪽에서 뭐라고 하기 전에 불이가 먼저 입을 열었다.
"아저씨, 병원을 찾아가려고 하는데 이쪽으로 가면 돼요?"
"길을 잘못 들었어. 이 길로 가면 한참 도는데……."
"친군데 갑자기 자다 말고 복통을 일으켰어요."
불이는 묻지도 않았으나 난나의 증세를 설명했고, 난나는 신음 소리를 냈다. 얼굴이 넓은 방범대원이 길을 가르쳐 주려고 따라오려고 했으나, 불이가 한사코 괜찮다고 해서 못 이기는 척하고 물러났다.
난나를 담 모퉁이에 내려놓고는 운동화 끈을 졸라매면서 불이가 말했다.

"너는 여기서 망을 봐."

"왜? 함께 들어가자고 했잖아."

"안 되겠어. 너는 담력이 약해서 일을 그르칠지도 몰라. 너는 여기에 있는 것이 더 좋겠어."

"그럼 나는 여기에서 어떻게 해야 하지?"

"보통 사람이 지나가면 몸을 숨겨. 경찰이나 방범대원이 들이닥쳐서 위험하다 싶으면 돌을 던져서 이 집의 유리창을 깨뜨려. 그러면 내가 도망갈 테니까."

"알았어. 그런데 부탁이 있어."

"무슨 부탁이야."

"절대 사람을 해쳐선 안 돼. 알았지?"

"왜 그래? 내가 살려면 남을 해칠 수도 있는 건데."

불이는 크게 숨을 들이쉬었다. 무엇인가 할 말이 있는 것 같았다.

"난나 너한테 마지막으로 할 말이 있다."

"뭔데?"

"넌 이번 일이 실패하든 성공하든 학교에 돌아가야 한다."

"학교?"

"그래. 넌 학교에 가서 공부를 해야 해. 이제 넌 진짜 공부를 할 수 있을 거야. 많이 굶주리고 많이 방황했거든. 그리고 이 집 주인 놈은 나를 고문한 그 준위 놈이야. 한 달 전에 우연히 사복을 입은 그놈을 길에서 발견하고 뒤를 밟아 집을 확인해 둔 거야. 돈은 못 뺏더라도 그놈의 얼굴은 확실히 회를 쳐놓겠어."

이때 담 안에서 그들의 인기척을 느꼈는지 개가 짖으며 담 바깥의 그들 쪽으로 다가오는 것 같았다.

불이는 재빠르게 비닐봉지 속에 넣어 가지고 왔던 약 섞인 고깃덩어리를 담 너머로 개를 겨냥해서 던졌다. 조금 후 캥캥거리는 개 소리가 들리는가 했더니 이내 잠잠해졌다.

불이는 장대높이뛰기 선수처럼 힘들이지 않고 쉽게 담을 넘어 들어갔다. 얼마 후 2층 창유리에 불이 물렸다.

이제 그들은 불이가 쥐고 있는 날이 날카로운, 윤곽이 뚜렷한 칼 앞에 꿇어앉아 있을 것이다. 명동 성당에서 '민주 구국 선언'이 있었던 날, 명동을 지나가다가 헌병대에 연행된 불이는 신원이 불확실한 것이 화근이 되어 불순 세력으로 몰렸던 것이다. 그때 그를 구둣발로 짓이겨 다리를 달포쯤 못 쓰게 만든 40대 헌병 준위가 바로 이 집의 주인이었던 것이다. 불이는 그 후부터 밤마다 고문 후유증에 육체적으로도 정신적으로도 시달렸다. 그리고 원수를 갚겠다고 다짐했다. 불이의 입에서는 몇 번이고 연습해 두었던 말들이 쏟아져 나오고 있을 것이다.

"살고 싶지 않으면 마음대로 해도 돼."

"패물은 어디 있어? 통장도 이리 내놔. 빨리빨리 움직여! 이 회칼이 춤추면 다 죽는 수가 있어."

"전번에 세상을 시끄럽게 했던 인질 떼강도 사건 알지? 그들 중에 잡히지 않은 한 사람이 누군지 알아? 바로 나야."

그럴듯하게 공포 분위기로 몰아가고 있을 것이다.

"그리고 이 군바리 놈아, 네가 얼마나 헌병대에서 죄 없는 사람들을 고문했는지 나는 다 알고 있어. 내가 하늘을 대신해서 네놈에게 천벌을 내리는 것이다. 너도 그들의 고통을 만 분의 일이라도 맛보아야 해. 네놈 처자식에게도 맛을 보여 줄까?"

난나는 속으로 교신을 보내고 있었다.

— 나와라, 빨리!

— 더 좀 있어 봐, 아직 손을 보지 못했어.

— 아니야, 그놈만 손보고 나와.

— 진정해. 조금만 더 기다려.

이때 난나는 저쪽 한길로부터 둔탁한 발소리들을 들었다. 그것도 황급히 달려오는 어지러운 발소리들이었다.

난나는 준비해 둔 돌멩이를 집어서 담장 너머로 던졌다. 그러나 그것은 유리창을 깨뜨리지 못하고 잔디 위 어딘가에로 떨어져 버린 것 같았다.

난나가 두 번째 돌멩이를 던지려고 했을 때 이미 반대편에 나타난 경찰관이 대문으로 들어가고 있었다. 그것은 순식간에 일어난 일이었다.

현관 쪽에서 갑자기 와당탕 하는 소리가 났다. 그리고 "아앗" 하는 남자의 처참한 비명 소리가 나고 이어서 "강도야!" 하는 짧은 외마디가 밤하늘을 찢었다.

외등이 환한 대문간을 불이로 짐작되는 그림자가 허겁지겁 빠져나왔다. 어느 쪽 길로 달아날까 잠시 망설이는 것 같았다.

불이는 난나가 있는 길목과는 반대쪽이 되는 한길을 향해서 뛰었다.

난나는 '안 돼, 그쪽에 방범 초소가 있어' 하고 소리치려고 했으나 이것 역시도 바짝 마른 입 안에서 맴돌기만 할 뿐이었다.
 뒤쫓아 나온 경찰이 소리치는 것을 난나는 들었다.
 "서라! 서지 않으면 쏜다!"
 이게 무슨 복병인가. 한길 쪽으로부터 방범대원이 나타났다. 불이와 그들 사이에 격투가 시작된 순간이었다.
 난나는 "탕 탕" 하는 짧고 날카로운 소리를 들었다. 그리고 불이의 몸이 옷걸이에서 떨어지는 바지처럼 풀썩 주저앉는 것을 보았다.

 난나는 자리에 누운 채로 신문을 펼쳐 들었다. 신문의 사회면에는 '경관 10대 강도 사살'이라는 큰 제목이 머리기사로 나와 있었다.

 새벽 가정집에 침입한 10대 강도가 방범대원에게 흉기를 휘두르다 경찰이 쏜 총에 맞아 숨졌다. 15일 밤 12시 20분경 서울 관악구 신림동 24번지 이 모 씨 집에 10대 후반의 강도가 들어 금품을 요구하다가 아래층에서 자고 있던 가정부의 전화 신고를 받고 출동한 경찰관에게 쫓기면서 방범대원이 덮치자 칼을 들고 반항, 이에 파출소 소장이 쏜 45구경 권총 두 발을 맞고 현장에서 숨졌다. 숨진 범인은 오모 군(18. 주소 불명)이다.

 난나는 눈앞에서 무수한 아지랑이가 아롱거리는 것을 느꼈다. 몸을 일으키려 하자 옥이가 팔을 붙들며 물었다.
 "오빠, 왜 그래?"

"어디 좀 가야 할 데가 있어."

"오빠, 안 돼. 할머니가 오실 때까지 꼼짝하지 말고 있으라고 했어."

이때 난나는 열려 있는 창 너머로 멀리 환영처럼 불이가 하늘 저편을 향해서 달려가는 것을 보았다.

# 현재 진행형

　밤바다는 어떤 언어적 표현도 받아들이지 않겠다는 듯이 완강한 자세를 보이며 어둠 속에 묻혀 있었다. 배는 고물의 쟁기로 바다를 희게 갈아엎어 이랑을 만들면서 앞으로 나아 가고 있었다. 잔물결과 큰 물결이 서로 부딪치며 기관 소리를 반추하고 있었다.
　그러나 바다는 그 밑의 오징어 떼를 죽음의 낚싯줄을 향해서 한 방향으로 전진시키고 있었다. 오징어 떼는 집어등 역할을 하는 이물에서 고물까지 달아 놓은 전구의 불빛을 향해서 막무가내로 몰려들었다. 그것은 바다 밑의 부나비들이었다. 그리고 하늘은 검은 밤의 그물을 그 바다 위에 드리우고 있었다.
　난나는 한 인간이 아는 것만큼만 바다는 스스로를 그에게 보여 준다고 믿었다. 한 인간의 궁극적인 앎은 무엇일까? 죽음일 것이다. 죽음, 이것이 난나가 다섯 달 동안의 선원 생활에서 얻은 결론이었다. 바다의 의미는 죽음을 통해서만 나타날 수 있는 것이었다.

난나는 오징어 채낚기가 끝난 새벽 바다에서 아버지를 생각했다. 할머니는 잊을 만하면 아버지 이야기를 묻는 난나에게, 묵살해 버리기에는 이제는 머리가 커버린 난나에게 말했다. "달무리가 높고 맑게 걸린 새벽이면 꼭 네 애비가 돌아올 것 같았지. 특히 4·19 때는 갯밭 집 처마 밑에 밤마다 남포를 걸어 놓고 불을 밝혀 두었다. 그러나 5·16이 나자 나는 네 애비가 돌아오지 않길 잘했다고 생각했다." 물론 그런 생각은 난나가 고등학교 1학년생이었던 '7·4 남북 공동 성명' 발표와 '유신' 선포 때도 반복되었다. "누가 치는 장단인 줄도 모르고 깨춤을 춘 게 이 할미였어." 붉은 기운이 수평선 위에서, 동묵이 아저씨가 어둠 속에서 부추기던 뭉근한 모닥불처럼 따뜻하게 번지고 있었다. 바다는 점점 더 뚜렷하게 윤곽을 드러내고 있었다.

아버지의 행방불명은 지금도 현재 진행형일까? 할머니는 꿈속에서 난나에게 말했다. '하늘나라에서 휴가를 얻어서' 아버지가 왔다고. '하늘나라'에서 왔다면 현재 완료형이 된 것이 아닐까? 이런 의문은 진작부터 난나의 머리를 지배하고 있었다.

그러나 '사실'이란 무엇일까? 이 배의 현재의 상태는? 난나는 단지 흘수선 위가 안전하다는 것에 대해서만 알고 있을 뿐이다. 흘수선 밑의 '사실'은 결코 알 수 없다. 아버지가 존재한다는 '사실'은 어떻게 증명할 수 있을까? 행방불명이라고 할머니가 생각한다고 해서 아버지가 존재하지 않는다는 '사실'이 부정될 수 있을까? 그 '사실'이 부정된다고 해서 현실적으로 무슨 의미가 있을까? 행방불명이란 표현은 존재를 전제로 한 것이다. 그러나 그것은 '부재'를 은폐하기 위한 표현이 될 수도 있다.

난나는 '사실'의 배후에 대해서 알 수 없는 막연한 공포를 느끼고 있었다. 아버지라는 존재의 행방불명의 현재 진행형과 현재 완료형은 할머니에게는 희망의 현재 진행형과 현재 완료형이 되었기 때문이다.

해가 완전히 수평선에 모습을 드러냈다. 난나는 갑판 위에 서서 모닥불 재 속의 큰 불덩이 같은 해를 정면으로 바라보았다.

아아, 저 피. 난나는 영주가 뚝뚝 흘리던 검붉은 피와 영희의 검지에 곱게 배던 바알간 피를 생각했다. 그리고 '못 참고' 집을 나간 어머니의 피가 자신의 피 속에 흐르고 있는 것을 인정하지 않을 수 없었다. 그 피는 어떤 때는 닻을 내린 배를 뒤척이게 하는 저녁 파도처럼, 또 어떤 때는 파랑 주의보가 내린 근해에서 항해 중인 배를 격렬하게 요동시키는 새벽 파도처럼 파상적으로 난나의 몸을 흔들었다. 난나는 그때마다 신 포도를 깨문 표정이 되었다. 그리고 갑판 위에 벌렁 드러누워 버렸다.

난나는 일곱 달 동안의 여인숙 하숙 끝에 내일 아침이면 후포를 떠날 생각이었다. 불이가 죽은 뒤, 난나는 영어 사전과 《삼위일체》, 《좁은 문》 그리고 우연히 읽게 된 뒤 큰 감동을 받은 큰솔학교의 교장 선생님이 준 나환자의 원고를 가방에 넣고 포항으로 내려왔다.

포항에서라면 고래잡이배를 탈 수 있을 것 같았기 때문이다. 그러나 포항의 고래잡이는 그때 이미 사양길에 접어들었고 멸종되어 가는 수중 포유류를 보호하기 위해서 10여 년 후에는 고래잡이가 세계적으로 금지될 것이라는 이야기를 듣고 다시 포항에서 무작정 속초행 버스를 탔다. 좌절은 언제나 난나에게 준비되어 있는 것 같았다.

난나는 북상하는 버스의 차창 밖을 내다보다가 바다 쪽으로 뻗어 나가 있는 한 포구를 발견했다. 특히 포구가 끝나는 야트막한 산 밑의 방파제 끝에 있는 흰 등대는 너무나 아름다웠다. 그 포구의 정류장에서 난나는 가방을 들고 무턱대고 버스에서 내렸다. 포구의 이름은 후포였다.

난나는 포구의 바닷가에 있는 여인숙에 방을 잡았다. 그리고 여인숙 주인의 소개로 29톤짜리 오징어 채낚기 동력선을 타게 되었다. 난나는 주로 10여 명의 오징어 어부들의 밥을 하고 뒤치다꺼리를 하고 배를 청소했다. 그리고 오징어 채낚기가 바쁠 때에는 일손을 거들기도 했다.

11월에 들어서자 오징어 채낚기도 서서히 끝나고 거제호는 수리를 위해서 뭍에 올려졌다. 난나는 뭍에 올라온 목선의 선체가 의외로 크다는 것을 깨달았고, 실제 톤수는 40여 톤이라는 것을 알게 되었다. 톤수를 실제보다 줄여서 말하는 것은 세금 때문이라고 했다. 그러나 그 4분의 1의 차이는 난나의 가슴에 4분의 1의 공백을 잠시 만들어 놓았다.

난나가 후포에 온 뒤부터 줄곧 하숙을 한 강원 여인숙은 2평 남짓한 방들이 여남은 개가 잇달아 붙어 있는 함석지붕의 일자형 판잣집이었다. 이 여인숙은 합판으로 된 벽의 위쪽에 뚫어 놓은 구멍 중간에 매달아 둔 30촉짜리 전구 하나로 두 방을 동시에 조명을 하기도 했다. 흔하지는 않았지만, 어떤 날은 이런 방들에까지 손님이 들게 되어 불을 끄려는 방과 켜두려는 방 사이에 전구 스위치 쟁탈전이 벌어지기도 했다. 그리고 그런 날은 으레 소음 소동에 시달려야 했다.

술주정에다가 화투짝을 내려치는 소리, 게다가 한밤이 되면 남녀가 어울리는 신음 소리가 뒤섞여 판자벽과 함석지붕을 요란하게 흔들어 대는 밤이 한 달에 두어 번 있었다. 대개 주말이었다. 그들은 적나라하게 서로를 조롱하고 경멸하고 적대했다. 그러나 그들은 자신들에게 대해서만은 관대했고 더구나 무관심하기조차 했다. 오직 상대방만을 노려보며 으르렁댔다. 술, 돈, 여자 — 그들은 그런 것들만을 붉은 눈을 하고 찾고 또 찾았다.

그러나 이런 소음과 욕망의 집도 가는 비가 내리거나 부드러운 바람이 지나갈 때는 대밭이 있는 갯밭 집처럼 난나에게 자연의 은은한 교향악을 들려주었다. 그리고 소음과 욕망이 빠져나간 아침에는 적막하기조차 했다. 보통 여인숙은 적막에 싸여 있었다.

난나는 배가 출어하지 않는 날에는 여인숙 방바닥에 배를 깔고 적막을 즐겼다. 그 적막 속에서 때때로 벌떡 일어나서 퇴색한 누런 커튼을 젖혔다. 바다는 밖에서 내내 기다리고 있었다는 듯이 금세 창틀에 와 걸렸다. 아직 채 걷히지 않은 어둠 때문에 바다는 검푸른 빛깔을 띠고 있었다. 그런데도 하얀 갈기를 세운 파도는 빠르게 달려오고 있었다. 난나는 그 파도를 끌어들이기라도 할 것처럼 서둘러서 창문을 열었다. 차가운 바람이 뭉텅뭉텅 쏟아져 들어왔다. 아침 바다는 언제나 새롭게 난나에게 다가왔다.

난나는 여인숙 방에서 소일하거나 무작정 방을 나서서 인근 산에도 가고 버스를 타고 속초까지 가기도 한 지도 벌써 두어 달이 되었다. 난나는 이제 후포 생활을 정리하고 옥이가 있는 서울에 가서 붙박이 일자리를 찾은 뒤에 한참 늦었지만 공부를 하여 야간 대학에라도 갔으면 했다.

난나는 정류장에서 강릉행 버스를 기다리고 있었다. 강릉에서 서울행 기차를 타거나 버스를 탈 계획이었다. 버스표를 끊고 돌아서는 난나의 어깨를 치는 손이 있었다. 거제호를 같이 탔던 만덕이 아저씨였다.

"어딜 가려나?"

"네. 어딜 좀 가려고……."

말을 얼버무리는 난나의 얼굴을 찬찬히 보며 만덕이 아저씨는 난나가 들고 있는 가방에 시선을 준 뒤에 말했다.

"영 떠나는 모양이군."

"네. 겨울이라 일도 없고 해서……."

"잠시라고 하지만 그것도 인연인 것이여. 특히 우리는 생사를 같이한 한 배를 탄 사이가 아닌가. 이 사람아, 밥 한 그릇도 같이 나누지 않고 떠나는 사람이 어디 있나? 무지 섭하네."

난나는 '생사를 같이한 한 배를 탄 사이'라는 진심이 담긴 만덕이 아저씨의 말에 어쩔 줄 몰랐다. 그러나 난나는 떠난다는 것을 알리는 것이 번거로웠던 것이다. 버스 차창에는 못내 아쉬운 표정을 그때까지 지우지 못하고 서 있는 만덕이 아저씨의 얼굴이 박혀 있었다.

사흘 동안의 작업 끝에 만선을 한 거제호가 같은 오징어 채낚기 동력선인 선산호를 만난 것은 모항(母航)의 등대가 보이기 시작할 때쯤이었다. 두 배의 어부들은 서로 손을 흔들며 만선의 기쁨을 나누었다.

그러나 그것도 잠시, 곧 경주가 시작되었다. 나중에는 뱃고동 소리까지 울려 가며 서로 뱃전을 부딪칠 정도로 경주는 가열되었다.

거의 동시에 선창에 접안한 거제호와 선산호의 선원들은 하나 남아 있는 시멘트 비트를 먼저 차지하기 위해서 로프를 던지면서 뱃전에서 뛰어내렸다. 비트에 가장 먼저 달려간 것은 만덕이 아저씨였다. 그러나 뒤이어 선산호의 한 선원이 달려와서 만덕이를 밀었다. 둘은 몸싸움을 벌였다. 체구가 크고 힘이 센 만덕이의 솥뚜껑 같은 손이 달려드는 선산호 선원의 가슴팍을 사정 없이 강타했다. 그 선원은 뒤로 엉덩방아를 찧으며 벌러덩 나자빠졌다.

그 일로 만덕이 아저씨는 경찰서에 불려가서 닦달을 당하고 시달림을 한동안 받았다. 선산호의 선주는 후포면이 속한 울진군의 유지였고 중앙정보부의 과장을 동생으로 둔 덕에 위세가 대단했다. 덩달아 그 선원들도 부두에서나 수협 공판장에서 으스댔다.

선산호라는 배 이름까지 '위대한 영도자'의 고향을 기린 것이었다. 선주는 경찰서에 은근히 압력을 넣어 만덕이 아저씨를 괴롭히려고 한다는 소문이 돌았다. 그러나 만덕이 아저씨는 이틀 동안의 수사과 취조를 받고 돌아와서 2홉들이 소주를 두 병이나 깐 뒤에 큰소리를 쳤다.

"아따, 경찰이고 법이고 별게 아닌 거여. 내가 그놈을 탁 쳐서 자빠뜨렸다는 것, 그것 자체가 중요한 거여. 법보다 빽이라고 하지만, 빽보다 더 가까운 게 주먹이란 말이여. 이 주먹이란 말이여."

그는 불쾌해진 얼굴로 꽉 쥔 주먹을 호기 있게 휘둘렀다. 그러나 '2주 진단'의 병원 진단서가 뒤늦게 접수되고 경찰서 호출이 두어 번 더 계속되자 물이 간 생오징어 회 씹은 표정이 되었고 끝내는 말을 잃었다.
 법을 집행하는 경찰서에서까지 그의 말대로 주먹이 법보다 먼저 그의 얼굴에 적용되기 시작했고, 한번은 배까지 타지 못하는 일이 생겼던 것이다.

 난나는 버스가 발차하자 차창 밖으로 손을 내밀어 만덕이 아저씨를 향해서 흔들었다. 못내 섭섭해하는 표정을 풀지 않은 채 그가 마주 손을 흔들었다.
 그것은 생생한 삶을 적나라하게 살고 있는 아름다운 사람들의 아름다운 작은 포구에 대한 작별 인사이기도 했다.

# 생쥐와 뒤주

 서울역 지하도에서 땅 위로 올라온 난나는 첫 상경 때처럼 그 빌딩을 쳐다보았다. 그것은 독재와 근대화를 상징하는 한 졸부 재벌의 본부였다.
 아무리 다시 보아도 갯밭 시골집 대청마루에 있던 뒤주와 흡사했다. 네 귀가 반듯한 모양새도 그렇고 짙은 갈색의 색깔도 그랬다. 1백 마지기 재산을 불같이 일으킨 할아버지의 아버지가 목수를 불러 여섯 달 동안이나 먹이고 재우며 2층농, 옷 반닫이, 책 반닫이, 서안, 경상, 3층장 등속과 함께 짰다는 그 뒤주의 나무는 괴목이라고 했다. 겨울밤이면 문풍지가 떨리는 소리와 함께 쥐들이 뒤주를 이빨로 갉는 소리가 들리곤 했다.
 그러나 난나가 이튿날 아침에 대청으로 나가 살펴보면 뒤주는 말짱했다. 쥐, 그들로서는 어찌해 볼 수 없는 단단하고도 단단한 뒤주. 발톱 자국 하나 찍어 볼 수 없는 뒤주 밑의 생쥐 심정이 곧 난나한테 전해지곤 했던 것이었다. 난나는 그런 심정으로 그 빌딩을 바라보고 있었다.

난나는 역 광장의 공중전화 박스 속으로 들어가서 전화를 걸었다. 그 번호의 전화에서는 계속 통화 중의 신호음이 돌아왔다. 수화기를 든 채로 예의 뒤주 같은 빌딩을 바라보았다. 어둠이 스며들고 있는지 빌딩의 칸칸마다에는 하얀 불빛이 들어서고 있었다. 세 번째에도 전화기를 드는 사람이 없었다.

누군가가 공중전화 박스의 문을 두드렸다. 난나가 돌아보자 눈보라가 쏟아져 나올 듯한 매운 눈매의 여자가 밖에 있었다.

"이건 공중전화예요, 아시겠어요?"

여자는 사뭇 시비조였다.

"미안합니다."

난나는 자신이 서 있던 전화박스 속의 공간을 채우고 있는 여자의 뒤를 노려보았다. 생머리가 어깨 위에서 출렁거리고 있었고, 프리지어 빛깔의 머플러 자락이 목 언저리에서 나풀거리고 있었다. 작은 키에 몸매 또한 가냘팠다. 뺨 한 대만 제대로 후려쳐도 쓰러질 것 같은.

여자 역시도 저쪽 전화가 통화 중인 모양이었다. 여자의 하얀 손가락이 계속해서 같은 다이얼을 돌리고 있었다.

이번에는 난나가 똑똑똑 전화박스의 유리문을 두들겼다. 그러나 여자는 못 들은 양 계속 다이얼을 돌려 대기만 했다. 이번에는 난나가 주먹으로 쿵쿵쿵 전화박스의 유리문을 쳤다.

여자가 수화기를 든 채로 전화박스의 유리문을 빠끔히 열었다.

난나가 기습적으로 크게 말했다.

"당신 전화 때문에 내 밥자리가 날아가겠소."

여자는 한순간 당황한 표정을 지었다.

때마침 전화의 신호음이 떨어졌던 모양이다. 여자는 황급히 문을 닫았다. 몇 마디가 오고 가더니 여자가 수화기를 내려놓고 밖으로 나왔다. 그러고는 난나한테 한마디 쏘아붙였다.

"촌놈같이. 남자가 어째 그렇게 참을성이 없어요."

"뭐라구, 촌놈?"

노려보는 난나한테 여자는 엉뚱하게도 윙크를 보냈다. 그러고는 유유히 핸드백을 흔들며 사람들 속으로 사라져 버렸다.

"빌어먹을 계집애!"

난나는 주먹을 쥐었다가 놓았다. 전화박스 속으로 들어가서 전화번호를 돌리는데 손가락 끝이 계속 떨렸다. 저쪽 전화는 세 번째 다이얼을 돌렸을 때에야 연결되었다.

"청년기획입니다."

"저는 아르바이트 지원잔데요."

"거기가 어딥니까?"

"서울역 앞입니다."

"그렇다면 걸어서도 오실 수 있어요."

그리고 수화기에서는 약도를 가르쳐 주는 음성이 계속되었다.

"몇 시까지 일하시죠?"

"오늘은 8시까집니다."

"고맙습니다."

난나는 서울역 시계탑의 시계를 올려다보았다. 6시 47분. 그런데도 사방은 어둠으로 둘러싸이고 있었다. 음산한 2월의 저녁다운 날씨였다. 입춘이라고 하지만 귀를 스치는 바람은 여전히 면도날 기세였고, 낮에 진눈깨비와 함께 내렸던 빗물이 고였다가 얼기 시작하고 거리에는 사람들의 발걸음 또한 빨라지고 있었다.

수화기의 음성이 지시한 대로 난나가 '신한국 생명 보험'의 네온사인을 향해서 오르막길을 올라가고 있을 때였다. 한산한 도로 위에 회색 파카를 입은 청년 하나가 뒤를 힐끔힐끔 돌아보며 종종걸음으로 내려왔다. 뒤를 돌아보느라고 전신주에도 부딪칠 뻔했고 난나와도 충돌할 뻔했다.

난나는 '신한국 생명 보험'의 네온사인이 있는 빌딩 아래에서 남산 쪽을 향한 커브 길을 돌았다.

갑자기 옆 골목에서 귀를 찢는 듯한 폭발음을 내며 오토바이가 달려 나왔다.

난나는 "앗" 하는 비명을 지르며 얼떨결에 엉덩방아를 찧었다. 건너편에 있는 약국에서 주인인 듯한 아주머니가 달려 나왔다.

오토바이는 저 멀리 사라지고 있었으나, 그 폭발음은 한참 동안 난나의 귀를 멍멍하게 했다. 난나는 소리를 털어 내기라도 하는 것처럼 고개를 두어 번 흔든 다음 약국 아주머니가 자기를 쳐다보는 것도 무시하고 다시 길을 걸었다. 그런데 이상하게도 비명 소리가 자꾸 이명처럼 계속되었다.

난나가 오토바이를 피하며 질렀던 비명은 외마디 "앗"이었다. 그런데 지금 난나의 귓속에 남아 있는 비명은 난나의 것이 아닌 "아앗" 하는 여운을 남기는 소리였다.

― 그럼 내가 놀라서 비명을 질렀던 그 순간에 가까운 거리 어딘가에서 누군가가 또 비명을 질렀단 말인가.

― 그럴 리가 없어. 내 비명의 여운일 거야. 내가 하도 놀라서 지른 비명이기 때문에 내 소리가 아닌 것처럼 생각되는 거야.

고개를 든 난나 앞에 사우나탕 간판이 있는 붉은 벽돌 건물이 나타났다. 난나는 사우나탕 옆 건물의 대형 유리문을 밀고 안으로 들어갔다.

"청년기획에 가려고 합니다."

벌써 졸음이 오는 듯한 수위는 귀찮다는 표정으로 고개를 끄덕였다.

난나가 걸어서 3층 층계를 오르고 있는데 경찰차의 사이렌 소리가 숨 가쁘게 들렸다. 그렇다면 이 근처에서 교통사고가 생겼다는 것일까. 오토바이? 피해자는 어쩌면 뒤를 힐끔힐끔 돌아보며 허둥대고 내려가던 그 청년일지도 모른다.

그러자 난나의 귀에서 다시 환청이 들리기 시작했다. 오토바이 폭발음과 함께 "아앗", "아앗" 하는.

난나는 계속 체머리를 흔들며 4층으로 올라가서 청년기획의 대형 유리문을 밀고 들어갔다.

청년기획 사무실은 바깥에서 건물을 보고 짐작한 것과는 걸맞지 않게 고급스러운 분위기였다. 바닥에 깔려 있는 갈색의 카펫과 검은색의 책상과 의자, 대기자의 소파에 이르기까지 난나가 평소에 보지 못했던 것들이었다.

접수를 보고 있는 사람이 난나한테 물었다.

"이력서를 가지고 오셨어요?"

"네."

"그럼 이력서를 이리 주시고 그리고 이것을 받아 가지고 저쪽 강의실로 들어가서 이 원고지에 자기소개 글을 쓰세요."

"발표는 언제 합니까?"

"일주일 후 개별 통지합니다. 참, 이력서의 연락처는 정확하지요?"

"네."

"가능한 한 구체적으로 진실에 기초하여 간단하게 써야 합니다."

난나에게 원고지와 볼펜을 건네주는 그 직원은 진실이라는 단어를 강하게 발음했다. '강의실'이라는 표지판이 걸려 있는 곳으로 들어갔다. 거기에는 이미 먼저 온 사람들이 수강용 의자에 앉아서 원고를 쓰고 있었다.

흑판에는 "자기소개를 원고지 다섯 장 정도로 쓸 것"이라고 하얀 분필로 씌어 있었다.

난나는 왼쪽 줄의 끝 의자에 앉은 다음, 원고지를 꺼내 놓고 잠시 생각에 잠겼다.

난나는 옆 자리의 여자를 보다가 눈을 휘둥그레 떴다. 남자의 눈을 의식하고 고개를 돌리던 여자도 놀라기는 마찬가지였다.

"어머나…… 이제사 전화 통화가 된 모양이지요?"

"……"

여자는 난나가 아무런 반응도 보이지 않자 작심한 듯이 내처 비아냥거렸다.

"밥자리 걱정을 하시더니 바로 이곳이었던 모양이지요?"

난나는 오늘 오후 며칠 묵은 신문을 무료하게 뒤적이다가 청년기획의 아르바이트 대학생 모집 공고를 우연히 발견한 것이다. 그것도 마감 날에.

난나는 부랴부랴 이력서를 써들고 달려 나왔다. 무엇보다도 난나를 솔깃하게 한 것은 하루 네 시간씩만 한 달 동안 일하면 한 학기 등록금을 지급한다는 조건이었다. 난나는 대학 문턱에 가본 일이 없었지만, 웬만한 대학생 정도의 교양, 특히 글쓰기 실력이 있었고, 영어도 나름대로 독학해 두었기 때문에 가짜 이력서에 쓴 대학에 직접 조회해 보지만 않는다면 그런대로 버틸 수 있을 것 같았다.

만일 채용만 된다면 두 달 일해서 올 한 해 동안은 도서관에 묻혀 버리고 싶었다.

그런데 이 청년기획을 찾아 나선 길이 난나한테 계속 불길한 예감을 안겨 주었다. 생머리 여자를 만나 공중전화 박스에서 시비를 벌인 것도 그렇고, 약간 증세가 있던 환청이 오토바이 폭발음을 계기로 하여 뚜렷해진 것도 그렇다. 그렇다고 해서 그냥 돌아가 버리기에는 자신이 너무 허약하게 느껴졌다. 그래, 되든 안 되든 '자기소개'나 써놓고 가자고 난나는 마음속으로 작정했다.

가짜 이력서에 기초한 자기소개 역시 가짜가 될 수밖에 없었다.

# 바람 속에서

 난나가 청년기획을 두 번째로 찾아간 것은 '자기소개' 원고를 써놓고 나온 지 정확히 일주일 되는 날이었다. 아침나절에 목욕이라도 갈까 하고 밖을 내다보니 바람이 세게 불고 있었다. 전선줄에서 윙윙 소리가 날 만큼 센 바람이었다. 그 바람을 헤치고 코가 빨갛게 된 우체부가 나타나서 전보를 전해 주었다.
 ― 금일14시까지면접요망청년기획.
 난나는 전보 용지를 다시 한 번 꺼내서 들여다보고는 접어서 안주머니 속에 넣었다. 그리고 목덜미를 휘감아 내리는 바람을 줄여 볼 양으로 잠바 깃을 여미 올렸다.
 패션 광고 옥탑이 있는 빌딩을 바라보면서 건널목을 건너던 난나는 달려오는 오토바이의 폭발음을 듣고 재빨리 전신주 옆으로 붙어 섰다. 그러나 오토바이는 분명히 나타나지 않았다. 난나는 사방을 둘러보았다. '아얏' 하는 비명 소리도 들리는 듯했다.

― 환청인가?

요 며칠 사이에 전에부터 조금씩 느끼던 이명과 환청이 좀 더 뚜렷해진 것 같다. 특히 청년기획을 찾아갈 때 엉덩방아까지 찧게 했던 오토바이의 폭발음과 잇달아 들렸던 '아앗' 하는 비명은 길을 걸을 때 난나를 때때로 괴롭혔다.

"아, 그렇지" 다시 한 번 뒤를 돌아보며 생각한다. 그때 생명 보험 빌딩 건너편에 있는 약국에서 한 아주머니가 달려 나왔지.

난나는 길 건너편의 그 약국으로 가서 바카스 한 병을 샀다. 잔돈을 세어 거슬러 주는 여자 약사에게 난나가 물었다.

"아주머니, 절 기억하세요?"

약사는 고개를 갸우뚱거리다가 대답했다.

"글쎄요, 친구 집에서 본 것 같기도 하고…… 영주네 삼촌이신가요?"

"아닙니다. 일주일 전에 저쪽 생명 보험 빌딩 앞에서 오토바이에 하마터면 치일 뻔한 일이 있었습니다. 그때 아주머니께서 놀라 달려 나오셨죠."

"아아, 난 또 뭐라고…… 그래요. 그런 일이 있었지요. 저녁때였지요, 아마?"

"네, 그날 전 엉덩방아를 찧었지요."

"어디를 다쳤는가요?"

사람 좋아 보이는 그 여자의 눈이 커졌다.

"아닙니다. 다치지는 않았습니다만, 그때 일이 생각나서 말씀드려 본 것뿐입니다."

난나는 약국 문을 밀치고 나와서 서둘러서 청년기획 사무실이 있는 건물 속으로 들어갔다. 청년기획의 응접실 문을 들어서다 말고 난나는 쿡 솟구치는 웃음을 깨물었다. 저쪽도 난나를 보고 이마를 한 번 찌푸리더니 이내 손등으로 입을 가렸다.

바로 그 생머리 여자였다. 오늘은 하얀 블라우스에 장미 색깔의 조끼와 검정 스커트를 입고 있었다.

난나가 어디에 앉을까 하고 두리번거리고 있자 그 생머리가 핸드백을 무릎 위로 올리고서 조금 안쪽으로 좁혀 틈새를 만들어 주었다.

난나는 엉덩이를 밀어 넣으면서 낮은 음성으로 말했다.

"외나무다리는 이 서울 바닥에도 있는 모양이죠?"

그러자 그녀는 돌아보지 않은 채 연극배우가 대사 연습을 하듯이 짧게 대꾸했다.

"서울에서는 참으로 원수가 되기도 쉽군요?"

이때 면접실 문이 열렸다. 짧게 머리를 자른, 바바리코트를 팔에 걸친 남자가 나왔다. 그리고 그 뒤편에서 굵은 목소리가 곧장 흘러나왔다.

"은다미 씨 들어오세요."

그러자 생머리가 발딱 일어났다. 그리고 무릎 위에 올려 두고 있던 핸드백과 코트를 난나 앞에 내밀며 말했다.

"좀 가지고 있어요."

난나가 당황해하자 생머리는 아예 난나의 가슴에다 핸드백과 코트를 안기다시피 던져 놓고서 똑 똑 똑, 구두 굽 소리를 내며 면접실로 들어가 버렸다.

5분쯤이 흐른 뒤에 생머리가 나왔다. 그리고 이번에는 금테 안경이 불려 들어갔다. 생머리는 난나 앞으로 똑 똑 똑, 구두 굽 소리를 내며 걸어와서 손을 내밀고는 말했다.

"제 것 줘요."

난나가 엉거주춤 핸드백과 코트를 내밀자 생머리는 낚아채듯이 기분 나쁘게 받아 들고서 난나를 지그시 응시한 뒤에 걸어갔다.

반쯤은 어리둥절해하고, 반쯤은 당황해하고 있는 난나의 귀에 자신의 이름을 부르는 소리가 들려왔다.

"서난나 씨 들어오세요."

유리문을 밀고 면접실로 들어서자 기다란 책상 건너에는 양복 입은 세 사람이 버티고 앉아 있었다.

세 사람 중에서 가장 젊어 보이는, 문 쪽에 앉은 사람이 먼저 질문을 던졌다.

"우리 청년기획의 존재는 어떻게 알았습니까?"

"신문을 보고 알았습니다."

"모집 공고 말입니까? 아니면 얼마 전에 스포츠 신문에 보도된 이벤트 기사를 보고서입니까?"

"전 스포츠 신문은 보지 않습니다."

그러자 세 사람이 동시에 서로의 얼굴을 쳐다보았다. 가운데 앉은 사람이 물었다.

"스포츠 신문을 안 보는 특별한 이유라도 있어요?"

"뚜렷한 이유는 없습니다."

"그래요?"

가운데 앉은 사람이 안경을 벗어서 손수건으로 문질렀다. 안경을 벗자 불그스름한 눈자위가 드러났다.

가장 나이 들어 보이는 왼쪽에 앉은 사람이 자기소개 원고를 들여다보면서 물었다.

"오늘날의 힘은 금력에서 나온다고 했는데, 정말 그렇게 믿고 있어요?"

"네."

"우리나라 군인 정치가 가운데서 누군가는 권력이란 총구에서 나온다는 말을 남기기도 했어요. 들어 본 적 있지요?"

"네."

"언젠가 학생이 속한 동아리에 씻을 수 없는 과오를 저질렀다는 대목도 있는데?"

난나는 너무 구체적인 거짓말을 괜히 썼구나 싶은 생각이 들었다. 그러나 이미 늦은 일이다.

"대답하고 싶지 않습니다."

"그러나 나는 듣고 싶소. 그것이 개인에 관한 과오였소? 아니면 전체에 대한 과오였소?"

난나는 순간 오늘의 승부처는 여기라고 생각했다. 개인에 관한 과오라면 모르지만, 전체에 대한 과오라면 넘어가지 않을 것 같았다.

난나는 고개를 돌리고서 대답했다.

"동아리를 살리기 위한 배신이었습니다."

"그러니까 학생은 조직을 살리기 위해서 배신의 길을 택했단 말이지요?"
"네 조직을 살리기 위해서 그렇게 할 수밖에 없었습니다."
난나는 자신의 완벽한 기만성에 또 한 번 놀랐다. 가짜 대학생인 난나 자신도 스스로 놀랄 정도로 이 사람들이 바라는 듯한 대답을 고른 것이다. 조직, 조직이라니.
"좋소. 다음에 다시 만나게 되기를 바랍니다."
난나도 인사말을 하고 싶었으나, 입 안이 말라서 혀가 구르지 않았다. 꾸벅 절을 하고 돌아서는데 자신의 이름을 부르는 소리를 들었다.
"서난나."
난나는 놀라며 돌아섰고, 나이 든 사람과 눈길이 서로 마주쳤다.
— 아니요. 이름이 독특해서 한번 불러 본 거요.
이렇게 말하는 표정이었으나, 난나를 부른 것은 아닌 모양이었다.
— 또 환청인가.
난나는 오토바이 폭발음의 환청에서 이제는 자신의 이름으로까지 환청이 발전했는지 의아해졌다.

# 산토끼 길들이기

금테 안경의 지루한 설명은 이제 겨우 마무리되고 있었다.
"……그러니까 두 사람이 한 조가 되는 것입니다. 앉은 순서대로 홀수 여자와 짝수 남자가 한 조를 만들게 됩니다. ……이렇게 해서 여러분 30명은 열다섯 조를 만들게 되었습니다. 자, 자기 조원과 악수를 나누시죠. 보통 인연이 아닙니다. 수많은 경쟁자를 물리치고 우리 청년기획의 여론 조사 팀으로 선발되신 데다 두 사람이 한 조로 일하게 되었으니까요."

강당 안이 술렁거리기 시작했다. 남자고 여자고 악수를 나누면서 약간씩 얼굴을 붉히기도 했다. "안녕하십니까?" 하고 멋없는 인사를 하는 남자도 있었고, 그런가 하면 "반갑습니다" 하고 뒷머리를 만지는 남자도 있었다.

그런데 다미와 한 팀이 된 '촌놈'은 팔짱을 낀 채로 침묵하고 있었다. 참다 못해 다미가 "이름은요?" 하고 물었으나, 난나는 앞가슴에 붙인 이름표를 가리킬 뿐이었다.

다미도 이름표를 핀으로 찔러 놓은 왼쪽 앞가슴을 돌려 보이다 말고 찔끔했다. 봉긋 솟은 젖가슴을 내밀어 보이는 것 같은 기분에서였다.

공중전화가 어디에 있는지 고개를 두리번거리는 다미의 눈에 약국에서 나오는 난나가 띄었다. 그는 의외로 다미더러 거기 있으라는 듯이 손짓을 보내고서 길을 건너왔다.

"기다렸어."

"네?"

"당신 청각도 그렇고 그런 모양이군. 같은 말을 두 번씩 말해야 알아듣게. 기다렸다구, 알았어요?"

"아니, 누구보고 반말이에요. 나는 지금 그런 말씨를 못 알아듣는 거예요. 아시겠어요?"

난나가 무슨 말인가를 대꾸했지만, 여관이 있는 골목에서 짓쳐 나오는 오토바이의 요란한 폭발음에 묻혀 버렸다. 난나가 재빨리 다미를 전신주 뒤로 밀었다.

"저 오토바이 번호 좀 기억해 줘."

그러나 그 오토바이는 난나와 다미가 서 있는 아래쪽으로 내려오지 않고 남산 쪽으로 연기와 함께 폭발음을 날리며 사라졌다. 난나는 수첩과 볼펜을 꺼내 들며 물었다.

"번호 보았어?"

"또 반말이에요? 그럼 나도 생각이 있어……. 시작하는 숫자 두 자밖에 못 보았어. 83만 보이고 나머지는 흙먼지에 덮여서 보이지가 않았어."

다미 또한 난나에게 반말을 했다. 난나는 그녀를 잠시 노려보았으나, 어쩔 수 없다는 듯이 픽 하고 웃었다.

"수상한 오토바이야. 끝나는 숫자 두 자밖에 안 보였어?"

"그런데 왜 그 오토바이한테 관심을 가지지?"

"나중에 이야기하지."

난나는 무엇을 생각하는지, 바지 주머니에 두 손을 찔러 넣은 채로 잠자코 걷기만 했다.

― 환청에 시달린 나머지 나는 오토바이 노이로제에 걸린 것은 아닐까?

다미는 참 이상하다고 생각했다. 앞에서 걷고 있는 남자의 뒷모습은 오랫동안 보아 온 듯한 느낌을 주었다. 크지도 않은 키인데도 약간 굽은 듯한 등, 그리고 조금 기운 듯한 왼편 어깨하며. 횡단보도에 이르자 비로소 난나가 고개를 돌리며 다미한테 물었다.

"어디 가지?"

다미는 아래쪽의 커다란 빌딩을 가리키며 말했다.

"저 안에 분위기가 괜찮은 찻집이 있어."

난나가 얼굴을 찡그리며 손사래까지 치며 약간 단호한 목소리로 말했다.

"난 뒤주 속이 싫어."

"뒤주요?"

"사도 세자가 갇혀 죽은 뒤주도 몰라."
"왜 꼭 그렇게만 생각해요?"
"촌놈이니까."
잠시 하늘 쪽에 시선을 던졌던 난나가 다시 다미를 돌아보며 말했다.
"박물관에 갈까?"
다미가 고개를 저었으나, 난나는 이내 혼자 결정했다.
"그러면 덕수궁?"
"노인 같아."
"그게 아니야. 내일부터 우리 둘은 여론 조사를 다녀야 해."
"그래서요?"
"그러니 미리 실습을 해두어야지. 내 생각으로는 고궁을 찾아오는 사람들을 붙들고 물어보는 것이 무난할 것 같거든. 우선 시간에 쫓기는 사람들이 아니잖아."
다미는 그건 내일 일이고, 오늘은 오늘 일을 해야 한다고 말하려다가 그만두었다. 난나가 벌써 저만큼 걸어가고 있었던 것이다.
다미는 종종걸음으로 달려가서 난나의 앞을 막아섰다.
"걸어서 갈 거야?"
"그럼 여기서 덕수궁 가는데 차를 타잔 말이야?"
다미는 옆 건물의 층계에 털썩 주저앉았다. 난나가 한심스럽다는 표정으로 다미를 물끄러미 내려다보았다.
"고집 부리지 말고 일어나서 같이 가."
"싫어, 난 오늘 너무 피곤해."

"그렇다면 이 기회에 곤죽이 되는 연습도 해보는 게 좋겠어. 어차피 여론 조사는 발로 뛰어야 하는 것이니까 말이야."

난나는 따라올 테면 따라오고, 그만둘 테면 그만두라는 식으로 뚜벅뚜벅 걸어갔다. 사람들 속으로 묻혀 들어간 난나는 좀처럼 모습을 드러내지 않았다. 건물로 들어가고 나가는 사람들이 다미를 힐끔힐끔 바라보았다. 다미는 점점 얼굴이 화끈거려 오는 것을 느꼈다.

저 '촌놈'은 번번이 다미를 비참하게 만든다. 이상한 느낌으로 마음의 빗장을 흔드는가 하면, 매정하게 뒤돌아서 버리곤 한다. 그러나 그 뒷모습은 눈에 익었다.

다미는 난나가 눈 같은 존재라고 생각했다. 눈은 올 때는 아주 포근하고 아름다웠지만, 녹을 때는 길을 진창으로 만들면서 사람들의 기분을 비참하게 만든다.

# 바람이 걸린 덫

난나는 층계에 서서 열차에서 가장 늦게 내리는 할머니를 보았다. 후줄근한 치마를 걷어 올려서 허리끈으로 질끈 묶었고, 저고리 위에 편물 조끼를 걸쳐 입었고, 머리는 여학생처럼 단발머리였다. 그동안 달라진 것이 있다면, 쪽 찐 머리에서 단발이 된 저 머리일 뿐, 하얀 것도 언젠가부터 그대로였다. 할머니는 머리 위에 커다란 보퉁이를 이고 있었다.

다른 때 같으면 "할머니" 하고 부르면서 달려갔을 난나였다. 그러나 지금은 층계에 우두커니 서서 할머니가 좀 더 가까이 오기를 기다리고 있었다. "그래, 귀찮아" 하고 난나는 고개를 저었다. 저 할머니의 업이 전에는 가슴 아팠었다. 그러나 이제는 그 업이 자신의 짐이 되었다는 것을 깨달은 것이다.

난나는 세 계단, 두 계단, 한 계단을 내려와서 할머니 앞으로 다가갔다. 그러고는 팔을 뻗어서 할머니가 이고 있는 보퉁이를 끌어내리면서 말했다.

"무거운데 무얼 이렇게 가지고 오세요?"

할머니는 마지못해 빼앗긴 듯이 손을 놓으며 대꾸했다.

"전번보다는 많이 줄인 것이다. 그런데 네 얼굴이 왜 그 모양이냐?"

"제 얼굴이 어때서요?"

"이놈아, 사흘에 죽 한 그릇도 못 얻어먹은 것 같다."

"삼시 세끼 다 찾아 먹고 있으니 걱정하지 마세요."

"그런데 얼굴이 왜 그 모양이여? 라면만 끓여 묵고 사냐?"

"어젯밤에 잠을 좀 못 자서 그래요."

"왜? 공부하느라고? 공부도 몸 아껴 가며 해야지, 몸 버리고 하다간 안 하느니만 못허는 거여."

난나는 입을 다물었다. 계속 대꾸를 했다가는 언제 끝날지도 모르는 할머니의 잔소리를 알고 있기 때문이다.

노인은 또 난나가 티셔츠만 걸치고 나온 것이 걱정되는 모양이었다.

"춥지 않냐?"

"괜찮아요. 여름인걸요."

"뭐가 여름이여? 아직 윤 4월인디."

"할머니, 택시 타고 가요."

"야가 지금 무슨 소리 허는 거여?"

"짐이 있잖아요?"

"시끄럽다."

노인은 앞장서서 지하도로 내려갔다. 전철을 기다리는 그동안을 못 참아서 노인은 또 난나한테 말을 걸었다.
"거 뭐냐? 지금도 알반가 뭔가 하느냐?"
"아르바이트요? 네, 내일도 나가야 해요."
"내일은 공일 아니냐? 공일에도 일 나가야 해? 쯔쯧."
전동차가 들어왔다. 만원이어서 보퉁이를 올려야 할 설겅에조차도 접근할 수 있는 틈이 없었다. 다행히도 양복 입은 중년의 남자가 일어나면서 할머니한테 자리를 내주었다.

안방으로부터 쫑쫑 머리가 건너와서 난나더러 전화가 왔다고 했다. 수화기를 들자 다미 특유의 내일 스케줄에 대한 단도직입적인 물음이 시작되었다.
난나는 그 물음에 건성으로 대답한 뒤에 말했다.
"할머니가 오셨어."
"할머니 옆에 자더라도 꿈 문은 열어 놓고 잠들어. 내일 연락해."
난나가 옷을 벗고 잠자리에 들려고 하자 그제서야 노인이 난나 쪽으로 돌아앉았다.
"난나야, 너 참 많이 변했구나."
"뭐가요?"
"전에도 속 썩이는 일이 없진 않았지만, 그래도 갯가 냄새가 났었다."
"갯가 냄새가 어떤 것인데요?"
"아, 고기 담았던 상자에서 나는 냄새지. 후덕한 사람한테서 나는 그런 냄새 말이다."

"지금은 저한테서 그런 냄새가 나지 않는가요?"

"안 나지. 대신 시멘트 벽돌 같은 싸한 냄새만이 난다."

"서울에 있으면 서울 냄새에 절게 마련이에요."

"아니다. 사람 냄새라는 것은 마음에서 나는 것이야. 서울에 살고 안 살고를 떠나서 네 마음이 본적을 잃어 가고 있는 게다."

난나는 할머니의 얼굴을 정면으로 바라보고서 대답했다.

"할머니, 저는 제 본적이 싫어요. 너무도 가난하고 너무도 먼 시골입니다."

"야가 지금 뭔 소리를 하는 거여?"

"할머니, 남들처럼 고향을 일찍 나오지 않은 것이 저는 한이 되어요. 옛날에 서울에 올라와서 채전 하고 과수원 하던 사람들이 다 빌딩 가진 부자들이 되었다고 해요. 할머니는 또 말씀하시겠지요? 선산 버리고 고향 버리고 떠나서 잘된 사람 없다구요. 그러나 그건 할머니 오해예요. 그런 사람들이 오히려 복받아서 떵떵거리고 잘살아요. 선산 지키고, 고향 지키고 산다는, 그 알량한 사람 냄새 난다는 사람들 봐요. 얼마나 불쌍한가요? 갯가 냄새가 아니고 그건 고린내여요, 할머니."

"야가 서울에 살더니 똥까지 버려 놨네잉."

"똥까지 버렸다고 해도 좋아요. 저는 서울 여자한테 장가들겠어요. 그것도 돈 있는 집에서 데릴사위로 데려가겠대도 군소리 않고 들어가겠어요."

"네, 이놈, 천벌받을까 싶다, 이놈아."

할머니는 속이 타는지 자리끼로 둔 찬물을 벌컥벌컥 마셨다. 그리고 땅이 꺼져라 하고 한숨을 쉬었다.

  난나는 이불을 뒤집어쓰고 누웠다. 하고 싶었던 말을 쏟아놓았을 뿐인데도 눈물이 쏟아져 나왔다. 할머니가 눈치 채지 못하도록 난나는 이불 섶으로 가만히 눈물을 닦았다. 그러나 좀체로 눈물이 그치지 않았다. 할머니는 계속 한숨을 쉬고 있었다. 난나의 눈물이 그쳤는데도 할머니의 한숨 소리는 그치지 않았다.

  난나는 잠이 든 것 같았다. 다미가 꿈 문의 빗장을 내려놓으라고 했는데, 꿈같지 않은 것들이 어수선하게 문을 들락거렸다.

## 창, 이쪽과 저쪽

다미는 차들로 꽉 막혀 버린 도로에서 무표정하게 택시의 창밖을 내다보고 있었다. 가을바람이 들기 시작해서인지 파란 하늘빛이 제법 영글어 보였다. 그 하늘에 흘러가고 있는 줄도 모르게 흘러가고 있는 흰 구름에 다미의 눈길이 잠시 머물렀다.

다미는 시계를 보았다. 12시 10분. 벌써 난나와의 약속 시간을 40분이나 넘기고 있었다.

다미는 지금 난나를 만나러 덕수궁으로 가고 있었다. '덕수궁', 덕수궁이 갑자기 다미한테 생각지도 않은 포근함을 안겨 주었다. 택시를 내려 궁전으로 들어간다, 그렇다면 입궁이 아닐까? 다미는 터지려는 웃음을 손등으로 눌렀다.

다미가 덕수궁 안으로 들어가자 향나무 밑의 벤치에 앉아 있던 난나가 손을 들었다.

"그런데 왜 갑자기 나오라고 했어?"

"보고 싶어서."

"그래?"

"난 지금 왕비가 되기 위해 입궁한 기분이야."

"그래? 그렇다면 난 왕비를 맞이하는 왕이 되어야겠군. 태종이 될까? 고종이 될까?"

"왕비를 못살게 군 태종보다는 고종이 좋겠어."

"에계, 나라를 망친 고종이 되라니. 민비도 형편없는 여자야."

다미는 약간 침묵하다가 정색을 하고 말했다.

"가난한 궁전에 가난한 왕과 왕비. 그런데 이렇게 빈약하고 가난한 궁전도 보기 드물 거야."

"그래도 온갖 음모 술수는 춤을 추었겠지?"

"아무리 가난한 궁전이래도 가짜인 우리보다는 낫지 않을까?"

다미 역시 가짜 대학생이었던 것이다. 향나무에 참새가 들었는지 쩍쩍거렸다. 난나가 작은 돌멩이를 주워 들어 향나무를 향해 던지자 참새 두 마리가 그 속에서 나와서 중화전의 용마루 쪽으로 날아갔다.

다미가 참새를 좇던 시선을 난나한테로 돌리며 말했다.

"날 어디로 인도해 줄 거야? 함녕전? 아니면 석조전?"

난나가 대한문 쪽으로 발을 옮기며 대답했다.

"항구로 인도할게."

인천행 전철은 높고 낮은 시가지의 건물 사이를 한참 달렸다.

난나가 불쑥 물었다.

"지난번 내가 준 소설집 읽어 보았어?"

"그럼요."

"그 속에 있는 〈불연속선의 도정〉이라는 단편도 읽어 보았어?"

"아, 보았어. 서울 인천 간의 전철 이야기였지?"

"내 생각에는 발단이 그럴듯했어. 기차의 행선지 표지판에 누가 분필로 지옥행이라고 쓴 데서부터 머리 부분이 시작하지."

"끝도 괜찮았어. 불안하고 초조했지만, 무사히 종점에 도착해서 '천국'이라는 술집을 찾아가는 줄거리였지."

"그럼 우리는 천국행 전철을 탔다고 하고 종점에 내리면 지옥이라는 술집을 찾아봐야겠군."

그러나 종점 거리의 어디에도 '지옥'이라는 이름의 간판은 보이지 않았다. 이쪽저쪽을 기웃거리며 걸어가고 있던 난나가 발길을 멈추었다. 무엇이 난나의 발걸음을 붙들었나 하고 옆에 섰던 다미는 주먹으로 난나의 옆구리를 쥐어박았다.

의상실의 쇼윈도에서 마네킹이 옷을 갈아입고 있었다. 마네킹은 몽실한 젖가슴이 드러났고 복부도 벗었다. 아니, 하체까지도 여지 없이 발가벗었다.

다미는 난나의 어깨를 밀다 말고 쇼윈도 유리에 비쳐든 한 사람의 남자를 보았다. 그 역시 난나처럼 관심이 많은 사람인 것 같았다. 그가 고개를 돌려 다미를 유심히 바라보았다. 나체의 마네킹을 훑어 내리던 눈빛 그대로였다.

다미는 갑자기 무서워졌다. 난나의 곁으로 바짝 붙어 서서 팔짱을 끼고서 말했다.

"우리 수산 시장 구경 가요."

난나는 별소리를 다 듣는다는 듯이 눈을 동그랗게 떴다.

"웬일이야? 전에 내가 그렇게도 가자고 말하면 비린내가 싫어서 못 가겠다고 버티더니."

"내가 항시 그 시절인 줄 알아?"

난나는 팔꿈치로 다미의 옆구리를 내지르다 말고 흠칫했다. 다미의 젖가슴이 느껴졌던 것이다.

난나와 다미가 찾아간 수산 시장은 비린내로 가득했다. 아직도 숨을 내쉬고 있는 물고기가 있는가 하면 조개들도 입을 벌리고 있었고 게들도 발을 끊임 없이 꼼지락거리고 있었다. 난나가 손을 들어 가리키며 물었다.

"저기 저 입이 뾰족한 생선 이름 알아?"

"내가 저 생선 이름도 모를 것 같아? 나를 무시하기는."

"이름만 대보라구. 무시 안 할 테니까."

"꽁치."

"저기 저건?"

"도루묵."

"저건?"

"낙지."

"저게 낙지란 말이야?"

"아, 알았어. 문어."

"맞았어."

201

"그리고 저건?"

"정말 날 놀릴 참이야."

그것은 조기였다.

다미가 난나를 조금씩 뒤로 밀었다. 그리고 난나의 팔을 잡아끌면서 귓속말을 했다.

"비린내가 너무 역해. 흰 모래밭이 있는 바닷가에 가서 수평선이나 보았으면 좋겠어."

둘은 사람들을 헤집고서 수산 시장을 빠져나왔다. 막 출발하는 시내버스에 올라탈 수 있었다. 맨 뒷자리가 비어 있었다.

난나는 고개를 갸우뚱하고서는 무엇인가를 골똘히 생각하고 있었다.

버스 종점은 해수욕장이 있는 송도였다. 철수한 해수욕장의 풍경은 쓸쓸하다 못해 황량했다. 빈 깃대가 추수가 끝난 뒤에 남은 허수아비처럼 서 있었고, 사장에 박혀 있는 사이다 병목 또한 처연하기는 마찬가지였다.

다미와 난나는 공원 청소부가 모아 놓은 낙엽 더미의 색깔처럼 퇴색한 비치파라솔 아래에 있는 의자에 앉았다. 하품을 손등으로 가리며 다가온 다미 또래의 아가씨한테 다미가 비스킷과 아이스크림을 주문했다.

"맥주도 주세요."

주문을 추가하는 난나한테 다미가 물었다.

"왜 술을 먹으려고 해?"

"……."

"술 좋아하지 않잖아?"
"용기에는 술이 좋다는 말을 들었거든."
"용기를 가져야 할 일거리가 생긴 모양이지?"
"······."
"궁금해요. 말해 줘."
"다미한테도 그렇고······."
"나한테도 용기 가질 일이 있어?"
"응, 그리고 나 자신한테도······."
"나한테 용기 가져야겠다는 것은 알겠어."
"무언데?"
"내가 가방 속에 옷을 넣고서 가출을 했으니까."
"가출? 웬 뚱딴지같은 소리야."
"아니, '출가'라고 해야겠어. 이제 집에 돌아가지 않을 테니까."
 난나는 깡통 맥주를 따며 온기가 느껴지지 않는 웃음을 웃으며 "출가?" 하고 짧게 반문하고는 다시 골똘하게 생각하는 표정이 되었다.
 다미는 그것이 버스에서부터의 연장인지, '출가'라는 낱말의 의미를 분석하기 위한 것인지 분간할 수가 없었다.
"난나 씨 자신한테 용기를 부추겨야 하는 일은 뭔데?"

# 현재 완료형

난나는 맥주잔을 응시한 채 대답하지 않았다. 둘 사이에는 침묵이 계속되었다. 침묵을 어색하게 느끼게 되었을 때, 다미가 침묵을 깨뜨렸다.

"나 정말 짐 싸들고 집을 나왔다."

"……."

"나라도 독립하는 게 엄마 짐을 덜어 주는 것이라고 생각했기 때문이야. 집에 그대로 있다가는 퀴퀴한 방안 공기에 미쳐 버릴 것 같았어."

난나의 아버지는 행방불명이었지만, 다미의 아버지는 언제나 방 안에서 버티고 있었다. 해소에 끝없이 시달리면서 단칸방에 앉아서 하루를 버티고 있었다. 이미 그는 방 안의 낡은 가구가 된 지 오래였다.

난나가 맥주잔에서 다미의 눈으로 시선을 옮기면서 말했다.

"방은 있어?"

"지금 당장은 없지만, 해결할 수 있어."

난나가 다미의 눈에서 다시 맥주잔으로 시선을 옮겼다. 그리고 다시 침묵했다. 그의 언어는 맥주잔 속에 갇혀 버리는 것 같았다. 아니, 익사해 버리는지도 몰랐다.

다미가 결연한 표정으로 선언하듯이 말했다.

"난나, 나하고 같이 살아."

여전히 난나의 언어는 맥주잔 속에 갇혀 있었다.

"내가 잘 아는 언니가 종로 2가에서 꽤 큰 카페를 하고 있어. 그곳에서 내가 일하면 우리 둘 생활비는 충분히 벌 수 있을 거야. 그다음 일은 다음에 생각하면 돼."

난나의 시선이 다미의 눈을 향해서 움직였다.

해는 수평선 위에 걸려 있었다. 배 한 척이 수평선 너머로 잠기고 있었다.

"다미, 이 바닷가에서만은 그런 현실적인, 해결하기 어려운 얘기는 하지 않으면 안 될까?"

"왜 그게 해결하기 어려운 얘기야. 너무나 간단한 대답을 할 수 있는 얘기지. 난나, 넌 다만 현실에서 도망가고 싶은 거야."

그렇다, 도망. 현재의 난나에게는 다미보다 더 강력한, 해결해야 할 현실은 없었다.

"다미, 오늘은 다미 혼자 서울로 돌아가……. 나는 그곳이 어디인지 결코 알 수 없지만, 가는 데까지 나 혼자서 내 길을 가고 싶어. 나는 나를 시험해 보고 싶어."

다미가 숨을 쉴 틈도 없이 되받았다.

"그럼 이대로 헤어지잔 말이야. 지금 헤어지면 난나 넌 내게 연락할 길이 없어. 그래도 좋단 말이지."

　붉은 햇빛을 받고 있는 다미의 눈은 이글거리고 있었다. 난나는 그 눈을 보면서 무한한 욕정을 느꼈다. 그리고 갈등을 느꼈다. 주체할 수 없는 욕망이었다. 닫혀 있는 자신의 욕망의 문을 열고 뛰어나가 다미의 욕망의 문을 두드리고 싶었다. 다미가 문을 열어 주지 않으면 그 문을 부수고라도 들어가고 싶었다. 그리고 그 문 속이 보라색인지, 붉은색인지, 초록색인지, 노란색인지 확인하고 싶었다. 나는 그 색깔을 확인하기 위해서는 스위치를 찾아서 불을 켜야 해. 난나는 캄캄한 어둠 속에서 벽을 더듬고 있는 자신의 손을 가만히 잡는 부드러운 섬세한 손을 느끼고 있었다. 그 손은 스위치를 찾아 주는 대신 그 자신의 따뜻한 가슴 위로 난나의 손을 가져가고 있었다. 그리고 난나는 자신의 입술 위에 또 다른 하나의 입술이 닿는 것을 느낄 수 있었다.

　난나는 부드럽고, 미묘한, 표현할 수 없는 입속의 느낌에 자지러질 듯한 희열을 느끼며 침을 삼켰다.

　해는 붉은 물감을 수평선 위에 대책 없이 쏟아 놓은 채 바다 밑으로 이미 빠진 뒤였다.

　난나는 그 미묘한 느낌을 떨쳐 버리듯이 머리를 세차게 흔들면서 맥주잔 속에서 자신의 언어를 찾고 있었다.

　다미는 침묵하고 있는 난나를 다시 노려보면서 결연하게 일어서서 또박또박, 그 자신이 사용하는 낱말 수를 셀 수 있을 정도로 또박또박 말했다.

"난 가짜 여대생이고, 한때는 호스티스 생활도 해보았어. 난나도 웨이터 생활을 해보았으니까 알겠지만, 호스티스는 더러운 거짓말 그 자체야. 그러나 나는 내 생명만은 그대로 유지했어. 어떤 남자도 내 생명의 문을 열지 못했어. 어떤 욕망의 화산이, 그것이 내 자신에게서 터져 나왔을 때에도 내 생명의 문은 묻히지 않았어. ……나는 진짜 삶을 살고 싶어, 진짜 삶을."

그러고는 가방을 집어 들고 일어섰다.

난나는 걸어가고 있는 다미를 향해서 소리치고 싶었다.

— 너는 나한테 남아 있는 유일한 위안이고 사랑이고 미래야. 그러나 너의 울타리 속에 갇히는 것은 나의 실종이야. 아버지도 행방불명되었는데, 나마저 실종될 수는 없어. 나는 할머니에게서, 옥이에게서 실종될 수 없어. 다미 너는 왜 나를 실종시켜 소유하려고 하는 거야. 나는 내 존재를 그 누구에게나 확인시키면서 살고 싶어.

난나는 발바닥으로 벽면을 훑었다. 그러나 전기 스위치가 얼른 걸리지 않았다. 그제서야 지금 자신이 들어 있는 방이 전혀 낯설다는 것을 여명 속에서 깨달을 수 있었다.

그 방은 발만으로도 전등을 끄고 켤 수 있는 서울의 옥이 방이 아니었다. 그래, 어젯밤 나는 너무나 취했던 거야. 다미를 그대로 보내고 나서 난나는 혼자서 2홉들이 소주를 두 병이나 마신 것을 어렴풋이 기억할 수 있었다.

난나는 머리가 지끈거리며 아팠다. 머리맡에 있는 주전자를 끌어당겨 주둥이를 사용하여 물을 벌컥벌컥 마셨다. 그리고 일어나서 커튼을 젖혔다. 해가 산 위로 올라오고 있었다. 붉은 해가, 마알간 해가 쑥쑥 솟아오르고 있었다. 누군가가 채듯이 쑥쑥 솟아오르고 있었다. 영희의 얼굴이 나타났다가 사라지고 다미 얼굴이 나타났다.

― 다미, 너는 나의 유일한 미래야.

난나는 서울에 가는 길로 청년기획을 그만두고 고향 갯밭에 내려가기로 했다. 예정된 여론 조사 아르바이트도 모레면 끝이다. 청년기획에서는 성실하고 재치가 있는 난나가 아르바이트를 더 연장해 주었으면 하는 사인을 보냈다. 그러나 난나는 이제 매듭을 지어야 할 때가 되었다고 생각한다. 더 이상 서울에 있다가는 자신이 어디로 갈지 난나 자신도 알 수 없었다.

― 그렇다, 혼자서 생각하고 혼자서 결정하는 것이다. 그리고 혼자서 가는 것이다.

― 갯밭에 내려가서 우선 면사무소에 아버지의 사망 신고를 하자. 법적 절차가 번거롭겠지만, 그대로 마냥 둘 수는 없다. 아버지의 존재, 아니 그 존재의 확인에서 나는 벗어나고 싶다. 아아, 이제는 벗어나고 싶다.

― 이제 아버지의 행방불명은 현재 진행형이 아니라 현재 완료형이 되어야 한다. 아버지의 사망 신고는 아버지의 행방불명에 대한 확실한 현재 완료형을 의미한다. 그러나 그렇다고 해서 할머니가 아버지의 죽음을 인정할까?

― 그렇지만 분명한 것은 아버지의 사망 신고는 아버지로부터의 나

의 탈출이고 할머니로부터의 나의 탈출을 의미한다는 것이다.
  — 아버지의 끈을 필사적으로 붙잡고 있는 할머니. 그리고 그 끈의 끝을 다시 붙잡고 있는 나. 나는 그 끈을 이제 끊어 버려야 한다.

# 바람이여, 바람이여

　난나는 마음이 흔들릴 때에는 큰솥공민학교의 교장 선생님을 생각했고, 일주일간의 돼지우리 청소라는 처벌을 내린 교장 선생님이 난나에게 준, 한 나환자의 글을 우연히 읽은 뒤로는 마음이 빌 때에는 그 글을 꺼내 읽고 마음의 안정을 찾곤 했다. 청년기획의 아르바이트를 정리하고 셋방에 돌아온 난나는 그 글을 꺼내서 다시 읽었다.

　밖에는 5월의 보슬비가 내리고 있다. 이런 밤에 듣는 빗소리는 우리에게 또 한 번 절망의 눈물을 삼키게 한다. 나는 창가로 다가가 비가 흐르는 유리창에 뺨을 대보았다. 밖의 유리에는 비가 흐르고 안 유리에는 내 눈물이 흐른다.
　나는 수건으로 유리창을 닦다가 말고 소스라치게 놀랐다. 유리의 검은 빌로드 천 같은 어둠이 받히면서 내 얼굴이 거기에 오롯이 나타난 것이다.

— 아아, 일그러진 저 얼굴의 문둥이는 누구인가.

우리 방에는 거울이 없다. 우연히 손거울을 들여다보고서 너무도 달라진 자신을 확인한 사람들은 그것이 거울의 탓이기라도 한 양 백이면 백 어김없이 거울을 깨뜨려 버린다. 수면에서 제 얼굴을 들여다본 사람들은 물을 헤집고, 유리한테 제 얼굴을 들킨 사람들은 유리에 돌질을 한다.

그러나 나는 이제 놀라기는 하지만 유리한테 책임을 물을 만큼 초보는 아니다. 그만큼 내 자신의 문둥이한테 익숙해져 있다고나 할까.

나는 보고 싶은 창밖 풍경과 보기 싫은 창 속의 얼굴에 대해 함께 해결할 수 있는 방안을 생각해 냈다. 그래, 내 방의 여닫이 창문을 활짝 열어 버리는 것이다.

여닫이 창문을 열자, 놀라운 선물이 병실로 흘러들어 왔다. 그것은 라일락 꽃향기였다. 나는 라일락 꽃향기를 가슴 깊숙이 들이마셔 본다. 내 안에 스며드는 저 아름다운 향기를 어떻게 설명할 수 있을까, 티스푼 하나의 흙 향기와, 티스푼 하나의 솔향기와 티스푼 하나의 깊은 샘물 향기와 티스푼 하나의 건초 향기를 한데 버무려 놓은 듯한 저 향기.

저 라일락 꽃향기가 내 안에 고였을 때, 나는 시공을 날아 라일락 꽃나무 아래에서 하늘을 우러르던 소년 시절로 돌아간다.

고향의 푸른 보리밭 언덕을 함께 걷던 소녀가 나한테도 있었다. 5월의 흙 향기, 보리 향기에 젖어서 걷던 저녁 길을 그녀도 기억하고 있을까.

아니. 그녀한테는 아득한 추억의 옛 그림자로나마도 마음속에 남아 있지 않을 것이다. 그녀에게는 그 그림자를 뒤덮으며 다가온 가슴을 더 크게 울렁거리게 만든 다른 사람과의 기억이 이미 각인돼 있을지도 모른다.

　사람의 마음이란 저 우주처럼 끝도 가도 없이 넓을 수도 있고, 티끌 하나처럼 지극히 간단한 수도 있으므로, 언제 또 팽창될지도 모르며 수축될지도 모르는 가변성의 마음.

　그러나 사람들은 병을 얻으면, 그것도 생을 정리해야 할 결정적인 시점에 이르면 더러는 자신을 돌아보며 키질을 한다. 알곡은 알곡대로, 쭉정이는 쭉정이대로.

　이곳 소록도에 온 뒤부터 나 또한 짧은 뭍에서의 삶을 키질해 보았다. 그리하여 얼마 되지 않은 내 알곡의 영상은 아름다운 작은 풍경, 아름다운 작은 음향, 아름다운 작은 인정에 들어 있음을 깨달았다.

　고향의, 낙숫물이 들던 처마 둘레의 파인 마당. 삐걱거리는 소리가 귀를 귀찮게 하던 낡은 대문. 빨랫돌로 이용되기도 하던 징검다리, 사당의 기왓골에서 피어나던 쌀 톨보다도 작은 이끼 꽃, 겨울날 구운 돌멩이를 손수건에 곱게 싸서 건네주던 단발머리 소녀…….

　이런 것이 생각날 때면 나는 때때로 혼자서 두 사람 몫의 말 잇기를 하곤 한다.

　— 소 먹이는 그 아이 어깨 너머로 지는 저녁놀.
　— 수수깡 울타리에서 피던 보랏빛 완두콩.
　— 마른 풀 냄새도 향기로워.
　— 솔가지 타는 내음도.
　— 여름 햇빛이 쏟아지는 잔디밭에서 따르르르 하고 날아가는 방아

깨비.

― 달 밝은 밤에 먼 마을에서 들려오는 징소리도 있어.

― 방 윗목에 홑이불처럼 밀려와 있던 새벽 달빛.

― 아침놀도.

― 소나기를 만났을 때 그 아이가 따다 준 오동 잎.

― 움직인 줄 모르게 한순간에 방향을 바꾼 풍향계.

― 깊어 가는 여름밤에 누군가가 부는 하모니카 소리.

― 구름이 끼어서 칠흑 같은 밤마다 저편에서 깜박이는 섬의 외등.

― 초저녁 초가지붕 위에서 피던 박꽃.

― 플라타너스 잎사귀에 자리 잡은 10월의 엽록소 향기.

여기에 이르면, 갓난아기의 귀 같은 플라타너스 해맑은 잎사귀에서 풍겨 오던 그 비린 내음의 기억은 나를 지금도 감미로운 추억 속으로 빠져 들게 한다.

그 무렵, 밤이 되면 우리 집 황구의 새침한 울음소리에 나는 전율을 느끼곤 했다. 어둠이 짙어 가면, 그리하여 바로 앞사람의 얼굴조차도 알아보기가 힘들 지경이 되면 한길로 나 있는 창문 앞에서 멈추어 서는 발소리가 있었다.

그녀가 창문을 똑똑똑, 비밀의 음향처럼 두드리면 나는 마치 마술에 걸린 아라비아의 왕자처럼 서둘러서 대문을 나서곤 했다.

토요일 밤이었다. 우리는 들녘을 가로지르며 뻗어 있는 수로의 방죽을 따라 걸었다. 이제 막 잎이 피어나고 있는 플라타너스에 기대섰을 때 나는 그녀의 부드러운 옷자락을 느꼈다. 그리고 갑자기 그녀의 몸이 내게 무너져 왔다.

그녀와의 첫 입맞춤. 나는 그 순간에 스치던 플라타너스의 여린 잎사귀 냄새를 기억한다. 약간은 생콩처럼 비릿하고, 약간은 깨꽃 뒤처럼 달았던 그 냄새들. 그리고 가물거리던 먼 불빛. 다리에서 천천히 빠져나가던 힘을. 나는 그 힘의 무게까지 느낄 수 있었다.

그러나 이젠 차갑게 불어오는 바닷바람뿐이다. 창문은 있으나 누구의 발소리 하나 다가오지 않는다. 라일락 향기는 변함없으나 그 향기를 맞이하는 코는 주저앉아 버린 지 오래이다.

이곳에서 온전한 모습을 볼 수 있는 것은 자연뿐이다. 풀이며, 나무며, 짐승이며 그런 것들. 그러나 가장 온전하고 확실한 것은 바다이다.

오직 우리들에게 위안이 있다면 그것은 '죽음'이다.

— 죽는 날로 이 징그러운 허물을 벗는다.

— 죽음의 저편에서 보면 사람의 일생이란 얼마나 소꿉장난 같은 것인가.

그러나 이와 같은 생각도 잠시일 뿐, 죽음이란 역시 두렵고 가능하면 그 앞에서 비켜섰으면 하는 것이 인간의 본심이다.

한번은 같은 문둥이 친구가 죽었다.

요셉이라는 가톨릭의 세례명을 가진 그는 나와는 달리 뭍에서 결혼 생활을 하다가 병이 얼굴을 내밀게 되어 들어온 사람이다.

아내가 있고, 자식이 있기 때문일까. 친구는 누구보다도 생의 의욕이 강했다. 병을 고쳐 뭍으로 다시 나갈 수 있기를 고대했으며 또 그런 성총을 입기 위해 하느님께 간절히 매달렸다.

그러나 나는 우리들이 헤아릴 수 없는 신의 깊은 뜻이 때로는 잔인하게까지 나타난다는 것을 이번에 보았다. 그 친구에게만이라고 해도 좋을 듯이 유독 병이 급속도로 진행되고 있었으니 말이다.

임종을 맞기 며칠 전 의사가 그한테 죽음의 준비를 해두라고 했을 때 깜짝 놀라며 그가 소리쳤다.

"죽다니요? 나는 죽을 수 없어요. 하나님도 내가 죽어서는 안 된다는 것을 알고 계실 거예요. 난 죽을 수 없어요."

아, 그러나 죽음은 저주받은 그를 놓아주지 않았다. 그 친구가 무엇인가를 말하려고 최후의 순간에 입을 벌리려고 했으나, 그것마저도 문드러진 입은 허락하지 않았다.

나는 친구의 아내 앞으로 전보를 쳤다. 친구에게 삶의 의욕 그 자체였던 아내. 그는 때때로 아내를 자랑하곤 했다.

"아내는 내가 어디에서 부르건 달려오겠다고 했어. 소록도가 아니라 이보다 더한 지옥에서 부르더라도 모든 것을 뿌리치고 나한테로 오겠노라고. 하지만 나는 아내를 부르지 않겠어. 사랑하니까. 아내는 나를 빨리 잊고 행복해야 해. 아내의 행복이 나의 마지막 위안이야. 아내가 내 몫까지 행복해야 해. 나는 나한테 아내의 고통까지 짊어지게 해달라고 하느님께 기도하고 있어."

그러나 인간의 약속이란 얼마나 어리석은 것인가. 나는 그 허무의 실체를 보았다. 그토록 친구가 믿고 사랑했던 그녀는 끝내 나타나지 않았다. 지옥에서도 아니고, 한 줌 재로 뿌려지는 이승의 생을 마감한 땅에서 불렀지만 나타나지 않았다.

친구의 죽음을 보고 나는 막연한 허상에 기대어 사는 것이 아닌, 오늘 이 현장에 충실해야 한다는 평범한 삶의 진리를 깨달았다. 그리고 환갑이 넘어 결혼을 하기도 하는 이곳 사람들의 생활에의 동경을 이해하게도 되었다.

그 할머니는 두 손은 있었지만, 손가락이 하나도 없었다. 그리고 한쪽 다리마저도 잘라 내고 없다. 그 할아버지는 손과 발이 성한 편이었다. 그러나 실명하여 두 눈이 없었다.

그런데도 이 할머니와 할아버지는 가정을 이루고 살겠다고 결혼을 했다. 물론 그들에게는 자식이 생길 리가 없었다. 다만 남편 되는 할아버지의 손과 발은 할머니의 손과 발 역할을 하게 되었고, 할머니의 성한 두 눈은 할아버지의 눈 구실을 했을 뿐이다. 오직 그뿐, 그 이상도 그 이하도 아니었다. 생활의 불편을 다소나마 더는 이로움이 있었을 것이다.

그런데 나는 어느 날 우연히 마늘 밭을 지나다 말고 이 노인 부부를 보았다.

할머니는 마늘을 캐고 할아버지도 마늘을 뽑고 있었다. 손가락이 없는 할머니가 어떻게 하는가 하고 나는 눈여겨서 보다 말고 가슴이 미어졌다.

할머니는 손가락이 없는 손, 그 뭉툭 손에 호미를 대서 붕대로 칭칭 감아 마늘을 캐고 있었다. 실명한 할아버지가 마늘 지게를 질 때는 의족을 한 할머니가 장대로 인도했다.

나는 다가가서 물어보았다.

"할머니, 배급이 나오지 않는가요?"
"나오지. 입에 풀칠할 만큼은 나와."
"그런데 왜 이렇게 힘든 일을 하세요?"
할머니의 얼굴이 웃음이 지나갔다.
"자네는 얼마 되지 않는 돈이라도 돈 버는 재미를 모르는 모양이야."
"돈 버는 재미로 일을 하신단 말입니까?"
"어디 그 재미뿐인가. 돈 벌어서 고기반찬도 사다 먹고 텔레비전도 하나 들여놓으려고 그래."
이때 밭두렁에 묵묵히 앉아 있던 할아버지가 한마디 거들었다.
"내년 마늘 농사 잘 지어서는 냉장고도 하나 사야지."
나는 비로소 소유욕은 사람을 사람답게 하기도 한다는 것을 깨달았다. 텔레비전을, 냉장고를 가져야겠다는 마늘 꽃 같은 작은 욕망이 서로의 손과 발과 눈에 의지해야 일을 할 수 있는 이 늙은 부부에게 생의 의지가 되었을까? 그 욕망의 끈을 잡고 그들은 진정한 부부의 생을 살고 있을까?

# 지평선과 수평선

다미는 아파트의 우편함에서 우편물들을 꺼냈다. 각종 인쇄체 글자 속에서 문득 눈에 익은 만년필체가 다가왔다. 난나가 보낸 편지였다.
다미는 선 채로 봉투를 열었다.

풀이 이제 일어났다. '바람보다 먼저 누웠던 풀이 바람보다 먼저 일어나 바람에 묻어오는' 저 그림자를 베려고 한다. 다미, 고향에 내려가서 아버지의 사망 신고를 해야겠다. 상경하게 되면 연락하겠다. 다미, 너는 나의 유일한 미래다.

"바보!"
다미는 고함을 질렀다. 난나의 개성적인 고백을 기대했던 자신에게 지른 소리였다.

김제평야의 해는 지친 듯이 기울고 있었다. 들녘은 비고, 그 빈 들녘에 짚단 태우는 연기가 이내처럼 번지고 있었으나, 너무도 넓은 지평선 때문인지 하늘의 구름 덩이처럼 드문드문 부풀어져 있을 뿐이었다.

다미는 갈피를 잡을 수 없는 생각도 정리할 겸해서 고등학교 때 친구 경옥이를 찾아서 김제에 왔다. 언제부터 다미에게 시간이 나면 자기 고향으로 놀러 오라고 신신당부한 경옥이었다.

경옥이는 자신이 살고 있는 마을에는 작은 절이 있고 수평선과 지평선이 함께 걸려 있다고 했다.

"지평선은 보이는데 수평선은 어디야?"

"기다려."

작은 것일망정 산이 나타났다. 두 사람은 그 산비탈께의 비포장도로로 접어들었다. 길은 산중턱으로 들어가고 있었다.

경옥이는 산중턱에서 멈추어 섰다.

"이 아래에 망해사(望海寺)라는 작은 절이 있어."

"망해사?"

"이름 그대로 바다를 바라보고 있는 절이야."

솔숲 길을 걸어 들어가자 망루가 나왔다. 망루에 이른 다미는 비로소 "아" 하는 탄성을 질렀다.

열려 있는 바다. 바다는 들녘 너머에서 열려 있었고, 지평선 위에 수평선이 걸려 있었다. 그 아스라한 수평선 위에 노을이 설핏설핏 어려 들고 있었다.

"그래, 수평선과 지평선이 하나씩 걸려 있네."

다미는 망루의 난간에 주저앉았다. 오른손과 왼손으로 수평선과 지평선을 각각 끌어당기고 싶었다. 그리고 그 선으로 허리를 묶고 잦아져 버리고 싶었다. 다미는 저도 모르게 중얼거렸다.

"아, 보고 싶어!"

다미는 새빨갛게 점점 커져서 수평선으로 내려오는 해를 바라보다가 갑자기 꾸벅 절을 했다.

"해님, 내일 그를 데리고 올게요. 다시 만나 주세요, 네."

그러고는 경옥이에게 말했다.

"경옥아, 나 서울로 올라가야겠어."

"왜 갑자기 그렇게 서두르니?"

"난나를 만나야 해. 만나서 할 얘기가 있어."

"지금 떠나도 서울 가는 막차도 탈 수 없어. 오늘 밤은 나와 함께 자고 내일 아침 일찍 떠나도록 해."

"아니야. 한 시간이라도 빨리 만나야 해. 버스가 없으면 밤 기차라도 타야겠어. 보고 싶어 죽겠어."

"너 정말 정신 병원에 가야겠구나."

"아무래도 좋아. 빨리 갈 수만 있으면 좋겠어."

벌써 어둠이 대지에 내려오고 있었다. 다미의 성화에 못 이겨 경옥이는 자리에서 일어났다.

밤의 여로를 달려온 기차가 서울역에 닿자 재빨리 역 광장으로 빠져나온 다미는 공중전화 박스 속으로 들어갔다. "주인집 여자는 싸가지가 없어" 하고 난나는 가능하면 전화를 걸지 말라고 했다. 그러나 달리 방법이 없었다. 신호음이 떨어지자 저쪽에서 중년 여자의 목소리가 퉁명스럽게 나왔다.

"여보세요."

"난나 씨 계세요? 미안하지만 좀 바꿔 주세요."

"기다리세요."

여자의 시답잖게 여기는 표정이 일순 다미의 눈앞을 스쳤다. 잠시 후에 또 다른 여자의, 이번에는 어린 여자의 음성이 나왔다.

"누구시지요."

"저는 친군데요 난나 씨 좀 바꿔 주실래요?"

"오빠는…… 혹시 다미 씨 아니세요?"

"네, 저 다미예요."

"오빠는……."

어린 여자는 흐느끼고 있었다.

"지금 병원에 있어요."

"네, 무슨 일이 생겼는가요?"

"자동차에 치였어요."

"네? 뭐라구요?"

"혼수상태가 계속되고 있대요. 그 정도 말고는 저도 잘 몰라요……."

어린 여자는 계속 흐느끼고 있었다. 그 흐느낌 속에서 다미는 수평선이 끊어지면서 물이 지평선을 향해서 범람해 들어오는 것을 보았다. 지평선이 물에 함몰되어 이제 수평선이 되고 있었다. 모든 것이 아득하기만 했다.

# 질경이 꽃 지다

붕대로 온몸이 칭칭 감겨 있는 손자를 내려다보고 있는 할머니의 얼굴은 주름골마다 눈물이 가득가득 배어 있었다. 아니, 만수가 된 논처럼 물이랑이 되어 넘치고 있었다.

"악아, 네가 산 사람이냐? 시신이냐? 대꾸 좀 해봐라."

그러나 난나는 꿈쩍도 하지 않는다. 숨을 쉬고 있는지조차도 모르겠다. 입, 코에 씌워진 조리 같은 것을 통해서 건너편 상자 속의 눈금이 올라갔다 내려갔다 하는 것만이 유일한 움직임이다.

할머니는 의사의 가운 자락을 붙들고 묻고 또 물었다.

"선상님, 저것이 우리 손자가 숨 쉬고 있는 표시입니까?"

"네, 할머니. 꼭 지켜봐야 합니다. 저 눈금이 갑자기 높아지거나 내려가거나 하면 금방 우리한테 알려 줘야 합니다."

"선상님, 우리 손자가 지금 살아 있는 것이지요?"

"네, 할머니. 지금은 살아 있으니 잘 지켜보고만 계십시오."

할머니는 의사가 시킨 대로 사흘 밤낮을 꼬박 눈을 뜨고 지켜보았다. 입이 써서 아무것도 먹을 수가 없었지만, 변소에 자주 가게 될까 봐 물도 참을 수 있을 때까지 참고 입에 대지 않았다. 그런데도 몸 어디에 숨어 있었는지 눈물이 쉬지 않고 나왔다.

어지간한 것을 보아도 눈물 한 방울 나지 않던 할머니였다. 세상 설움은 다 졸업한 것이라고 생각하고 살던 노인이었다. 이제 남은 것은 '가시지요' 하고서 언제 올지 모르는 저승사자를 타박하지 않고 오히려 앞장서는 일만 남아 있다고 생각했던 것이다.

저 구름에 비가 들어 있는 것을 모르는 것이 인간사라더니 또 이런 업보가 닥칠 줄이야……. 할머니는 주변을 휘휘 둘러보았다. 형광등, 하얀 벽, 침대, 의자, 유리창하며 모두가 낯선 것들뿐이다.

할머니는 꿈이 아닌가 생각해 보았다. 생태처럼 멀쩡하던 녀석이 저렇게 동태처럼 누워 있다는 것은 아무래도 거짓말 같았다. 청천 하늘에 날벼락도 분수가 있지, 조상님, 세상에 어디 이럴 수가 있단 말입니까?

꽃이 저만치서 피어 있어도 나비는 이만치서 춤을 춘다. 여수의 저 잣거리에서 지금도 좌판 위에서 조갯살을 까서 팔고 있는 할머니이다. 이제 그 청승 그만 떨고 따뜻한 아랫목에 누워 지내라고 아는 사람들이 말해도 듣지 않는 할머니이다.

"살아 있다는 것이 무엇이다요. 움직여야제. 움직일 줄 모르는 것은 송장 아니고 무엇이겠소. 편안이야 죽으면 그냥 주어지는 것인데, 벌써부터 송장 노릇 하는 것이 어디 산 사람이 할 짓이다요. 그런 송장은 아무짝에도 쓸모가 없소."

이렇게 말하면서 날마다 바닷가로 조개를 캐러 다녔다. 그러고는 이른 아침과 석양 무렵에 좁은 저잣거리에 옹송그리고 앉아서 조갯살이 팔리지 않아도 마음 편하던 할머니이다.

그 좌판 거리에서는 할머니한테 손자 말을 시켰다가는 식구들 밥 굶긴다는 말이 생길 정도였다. 그러나 수단 좋은 사람들은 할머니한테 슬쩍 손자 얘기를 한마디 거들고는, 제 값보다 더 많은 조갯살을 받아 가기도 했다.

할머니는 옆에 고꾸라져 자고 있는 옥이를 흔들어 깨웠다.

"옥이야, 옥이야아!"

"네, 할머니."

옥이는 눈을 손등으로 비비며 일어났다.

"우리가 혹시 꿈을 꾸고 있는 것은 아니냐?"

"할머니, 왜 그러세요?"

"왜 그러냐라니, 네 이년아, 답답해서 그런다. 이 늙은 가슴이 미어져 미치겠다. 벌겋게 단 부젓가락으로 속을 좀 쑥쑥 쑤시면 좀 살겠다."

"할머니."

옥이가 할머니의 가슴에 얼굴을 묻었다.

"오빠는 반드시 살아날 거예요. 오빠는 우리 갯밭의 모래풀 같은 끈덕진 힘을 가지고 있으니까요. 할머니, 할머니도 아시지 않으세요. 너무 걱정하지 마세요."

노인은 풀어진 저고리 끈을 다시 묶으면서 말했다.

"제아무리 억센 모래풀이라도 뽑아다가 뙤약볕에다 버리면 죽는 법이야."

"할머니, 그만 해요."

"옥이야, 여기 어디에 부처님 모셔 둔 곳 없다더냐?"

"절은 모르겠어요. 그러나 성모님이 계시는 성당은 이 건물 3층에 있어요."

"옥이야, 네가 믿는 그 성모님 계시는 곳에 이 늙은이를 좀 데려다 다오."

옥이는 얼굴을 활짝 폈다.

"성모님께 기도하시려구요? 그래요, 할머니. 좋으신 우리 성모님께서는 할머니의 기도를 들어 주실 거예요."

할머니는 옥이를 따라서 답답한 병실 문을 나섰다. 엘리베이터를 타지 않고 층계를 타박타박 걸어 내려갔다. 한참 내려가다가 힘이 들어 계단에 걸터앉아 쉬었다. 성당 구내에 있는 의과대학 부속 병원인 이 병원의 3층은 성당의 한 예배실로 사용되고 있었다.

할머니는 휴우, 한숨을 쉬고 나서 말했다.

"옥이야, 내가 무슨 죄를 지었길래 우리 난나한테 이런 벼락이 떨어졌냐?"

옥이는 고개를 설레설레 저었다.

"할머니, 할머니는 죄지은 것 없어요. 오빠가 나쁜 자동차한테 당한 거예요."

"아니다. 내 죄다. 가만히 생각해 보니 작년에 영석이 여편네가 장사 밑천이 없다면서 돈 얼마 꿔달라고 한 것을 내가 박정하게 거절한 적이 있다."

"할머니, 오빠는 할머니 죄 때문에 벼락을 맞은 게 아녜요. 나쁜 자동차한테 오빠는 당한 거예요."

할머니는 멍한 눈길로 유리창 밖의 서울 하늘을 바라보고 있었다. 그리고 후들거리는 무릎에 두 손을 짚고서 일어났다. 그리고 옆에서 부축하는 옥이 팔에 의지해서 간신히 3층의 예배실 안으로 들어섰다.

예배실 안은 텅 비어 있었다. 감실 위의 빨간 전등만이 불이 들어와 있을 뿐 어둡고 적막했다.

옥이가 성모상 앞으로 나가서 성호를 긋고 엎드렸다. 이때였다. 할머니가 종주먹을 들이대며 덤벼들듯이 나선 것은.

"해도, 해도, 너무하십니다요!"

깜짝 놀란 옥이가 말렸지만, 할머니는 막무가내였다.

"소용이 있으면 살 만큼 산 이 늙은 몸뚱이를 택하실 일이지, 어찌 저리 앞길이 구만리나 남은 젊은 것을 택하십니까요. 송아지가 필요하다면 송아지를 잡고, 돼지 피가 필요하다면 돼지 피를 부립지요. 제 손자 녀석 피만은 안 됩니다요."

"할머니, 이건 성모님께 불경이어요. 이러시면 안 돼요, 할머니."

"놔라, 이년아 놔! 너그 성모님한테도 그렇고, 부처님한테도 그렇고, 조상님들한테도 내 할 말 많다. 어찌 나한테만 이렇게 박정하게 대한단 말이냐. 나는 내 팔자에 없는 복 내놓으라고 사정한 적도 없고, 왜 이리 서럽게 살게 하느냐고 원망한 적도 없다. 네 할아버지가 끌려가고 네 애비가 행방불명이 되어도 내 운명이겠거니 했다. 그러나 이

번만은 분이 나서 못 참겠다. 이런 법이 어디 있느냔 말이다."

"할머니, 정신 차려요. 할머니 정신 차려요."

옥이는 바짝 마른 할머니의 허리를 끌어안고 늘어졌다.

"놔라, 이년아, 놔란 말이다, 이년아!"

할머니는 무릎걸음으로 제대 가까이 다가서려다가는 주저앉곤, 주저앉곤 했다.

"산천초목이 번성하고 안 하는 것도 당신 뜻에 달려 있다고 귀동냥한 적이 있습니다요. 하잘것없는 풀 나무한테조차도 그리 정이 많은 분이 내 손자 하나 살려 내놓지 않는다는 것은 말이 되지 않습니다. 살려 내주십시오. 제발, 이렇게 이렇게 빕니다."

할머니는 머리를 청마루에 콩콩 찧었다.

옥이가 할머니의 머리를 끌어안았다. 그러고는 함께 청마루에 쓰러져서 울었다.

할머니는 오랜만에 밖으로 나왔다. 유리창에 물빛 햇살이 남실거리고 있는 것도 참으로 오랜만에 보았다.

할머니는 옥이가 가르쳐 준 의사 방으로 발을 옮겼다.

층계의 난간을 잡고 한참을 올라간 다음, 12라는 숫자가 써진 곳에서 문을 열고 들어갔다. 그리고 긴 회랑의 왼쪽에서 세 번째 방문을 두드렸다.

의사는 졸고 있었던 듯 안경을 끼면서 자리에서 일어섰다.

"서난나의 할미 되는 사람입니다."

"아, 네, 거기 앉으세요."

그러나 할머니는 의자에 앉지 않았다. 젊은 의사 앞에 머리를 조아린 채 서 있었다.

의사는 담배를 꺼내서 엄지손톱 위에다 올려놓고 톡톡 다졌다. 벽시계에서 난데없는 뻐꾸기가 뻐꾹뻐꾹 두 번 울었다.

할머니는 두 손을 모아서 가슴 앞에 모은 채로 물었다.

"선상님. 제 손자 녀석에 대해서 말씀해 주십시오."

의사는 담배에 불을 붙여서 한 모금 마시고는 입을 열었다.

"할머니, 놀라서는 안 됩니다."

"네, 네, 알고 있습니다요. 이보다 더 험한 일도 겪었습지요. 내 이 두 손으로 총 맞아 죽은 남편 시체도 찾아다 난리 통에도 관을 구해서 묻은 여편네입니다요."

"할머니, 할머니의 손자는 쉬운 말로 말하면 기억 상실이 되었습니다."

할머니는 의사 앞으로 한 발짝 더 다가들었다.

"선상님, 더 좀 쉬운 말로 설명해 주십시오. 우리 손자가 어떻게 되었다구요?"

그는 잠시 난처한 표정을 짓다가 적당한 단어를 찾았다는 안도의 표정을 지으며 말했다.

"혼이 나가서 돌아오지 않고 있다는 말입니다."

할머니는 그 자리에 풀썩 주저앉았다.

"선상님, 그게 무슨 말입니까? 우리 손자 혼이 나가서 돌아오지 않다니요? 그럼 저놈은 살아도 산 것이 아닙니다요."

"할머니, 영영 나갔다고는 단정하지 않습니다. 언제 다시 기억을 회복할지도 모르지요. 실제로 그런 사람도 있습니다. 하지만 지금으로서는 기억 상실이 된 것은 분명합니다."

"선상님……."

"전 시간이 없습니다. 지금 뇌사 판정을 내려 줘야 할 환자가 있습니다. 그 보호자가 절 기다리고 있습니다. 할머니는 그만 가시고 누구 다른 보호자를 보내 주십시오."

"선상님……."

의사는 신경질적으로 간호사를 불렀다. 할머니가 간호사들한테 내몰리듯이 나오면서 뒤를 돌아보았지만, 의사는 유리창 밖만 내다보면서 담배를 빨고 있을 뿐이었다.

병실로 돌아온 할머니는 다시 한 번 손자 이름을 불렀다.

"난나야아."

그러나 천장을 향하고 있는 손자의 시선은 고정된 채 결코 움직일 줄을 몰랐다.

"이놈아, 혼이 어찌 나가서 이 할미도 몰라본단 말이냐?"

할머니는 손자의 몸을 잡아 흔들었다. 그러자 손자는 뱀을 본 것처럼 몸을 움츠렸다. 눈동자가 공포에 떨고 있었다. 순간 할머니는 갓 사들여 온 송아지를 외양간으로 들이듯이 두 팔을 부드럽게 내뻗었다.

"괜찮다, 괜찮아. 무서워하지 마라. 네 할미다."

그런데도 손자는 단단히 겁먹은 표정을 쉬 풀지 않았다. 할머니는 이런 손자가 너무나 섭섭했다. 그러나 자기가 이 방에서 나가 주는 것이 상책이라고 생각했다.

"알았다, 알았어. 그래 편히 쉬어라. 내가 나가 주마."

할머니는 두 손으로 다독거려 주는 시늉을 하고서는 뒷걸음으로 병실을 나왔다.

"세상에, 이런 일도 있답디까?"

할머니는 문 앞에 쪼그리고 앉아 울었다.

"할머니."

할머니는 어깨를 흔드는 손이 있어서 눈을 뜨고 머리를 들었다. 옥이가 굽은 등을 더욱 움츠린 채로 할머니를 내려다보고 있었다. 자신의 꼽추 등에 날개가 들어 있다고 믿었던 손녀.

할머니는 말하고 싶었다.

— 날아라 애야, 나도 네 오빠도 겨드랑에 끼고서 이 한 많은 땅에서 훨훨 떠나 다오.

그러나 옥이는 지금도 땅에 발을 붙이고서 땅의 소리로 말하고 있었다.

"할머니, 의사 선생님은 오빠가 살아난 것만으로도 기적이라고 말씀하셨어요."

"몸만 살아나면 뭐 하느냐. 혼이 나가고 없는걸. 이 할미조차도 뱀을 보는 것처럼 보았다. 너도 들어가 봐라. 아무도 몰라본다. 말도 잃어버렸는지 한마디도 안 한다."

"할머니, 의사 선생님은 기다려 보라고 하셨어요. 기다리다 보면 기억을 회복하는 사람들도 있대요."

"만일 나 죽고 너 죽을 때까지 회복하지 못한다면 이 일은 또 어쩔 것이냐. 혼이 나간 우리 난나를 나 죽고 너 죽은 다음에는 누가 돌봐

준단 말이야."

"할머니, 오빠는 반드시 기억을 회복할 거예요. 옛날에 갯밭에서 뛰놀던 일이랑, 여수에서 신문 배달하던 일이랑, 후포로 도망갔던 일이랑 재미있게 얘기할 날이 있을 거예요."

할머니는 고개를 저었다.

"아무래도 내 살아생전에는 저 녀석 입으로 할미 부르는 소리를 못 들을 것 같다."

"아니야, 할머니. 아니야, 할머니."

옥이가 할머니의 목을 끌어안고 계속 그렇지 않다고 반복했지만, 할머니는 설레설레 고개를 젓고 있을 뿐이었다.

이날 밤에 할머니는 전라선 야간열차를 탔다. 옥이한테는 서울 생활비를 마련해 오마고 했지만, 그토록 귀한 손자가 할미를 못 알아보는 절망감에 할머니는 더 이상 견디지 못했던 것이다.

할머니는 차창에 우두커니 기대앉아서 흘러가는 도회지의 야경을 바라보고 있었다. 밤을 밝히고 있는 가로등이며, 색색의 네온사인들이 낯설게 다가왔다가는 빠르게 사라지곤 했다.

할머니는 문득 생각했다. 자신한테 인생이라는 것도 저렇게 스쳐 갔던 것이 아닌가 하고. 이제껏 할머니는 행복을 호사라고 생각해 왔고, 그런 호사는 누려 본 적이 없다고 생각해 왔다. 후일 난나나 장가들여서 손자며느리 손으로 차려 주는 밥상이나 받는 날에 오는 것이려나 싶었다.

그러나 지금에 와서 보니 막연히 먼 데 있는 것은 막연히 그렇게 있을 뿐 영원히 자신의 것이 아니었다.

할머니는 꼬박 날밤을 세웠다. 세상의 밤은 아침이 오면서 엷어져 마침내 솟아오르는 아침 해에게 쉬 굴복했으나, 인생의 밤은 부지하세월이었다. 아직도 자신의 아침 해는 갈밭 앞바다의 수평선 밑에 있는지도 모른다고 생각했다.

여수 집에 돌아온 할머니는 우선 신용 금고에 찾아가서 송금을 부탁했다. 자신의 이름으로 된 예금주의 이름도 옥이로 바꾸었다. 그리고는 목욕탕에 가서 목욕을 한 다음에 날마다 눈이 오나 비가 오나 나가 앉았던 저잣거리를 가보았다. 여기저기에서 아는 얼굴들이 손자의 안부를 물을 때마다 많이 좋아졌다고, 걱정 끼쳐 미안하다고, 그리고 '그동안' 고마웠다고 일일이 인사했다.

할머니는 가게에 들러 정종 큰 병 하나를 샀다. 북어도 세 마리를 샀다. 그것들을 조상 단지와 함께 석작에 챙겨 넣었다. 호미도 하나 준비했다.

할머니가 석작을 들고 갯밭으로 들어섰을 때는 열이레 달이 바다 위로 휘영청 올라와서 사위를 밝게 비추고 있을 때였다. 동구 밖 집의 개가 컹컹 달을 보고 짖을 뿐 고개 위에서 바라본 달빛 속의 갯밭 마을은 괴괴하기만 했다.

할머니는 한참을 고갯마루에서 쉬었다. 그리고 예전에 살던 집을 어림잡아 바라보았지만, 대숲만이 남아 있는 그 집터는 있는지 없는지조차 가늠할 수 없는 어둠의 멍석만이 깔려 있었다.

할머니는 천천히 허리를 펴고 일어나서 부엉이골로 갔다. 황소바위를 지나서 소나무가 두 그루 지우산처럼 서 있는 비탈에 가 섰다.
"영감, 그래도 무구장이 된 줄 알았더니 봉분이 좀 남아 있구랴."
할머니는 석작을 풀어 정종 병을 꺼내고 북어를 꺼냈다. 그러고는 잔에 술을 부어 북어와 함께 무덤 앞에 놓으면서 말했다.
"그동안 벌어먹고 사느라고 못 왔다는 말은 솔직히 거짓부렁이우. 영감이 더 미워서 안 찾아왔수. 내가 왜 미워하는지는 영감이 잘 알 것이오?"
할머니는 큰절을 하다 말고 그대로 무너졌다.
"내가 잘못했소. 내 속이 좁아서 그랬소. 맺힌 데 있으면 풀고 접힌 데 있으면 펴소. 제발 내 잘못이 있으면 용서하시고 난나의 혼을 돌려주시구랴. 내가 미웠으면 미웠지, 왜 그 애가 다쳐야 하오. 그 애가 훌훌 털고 일어나야 당신네 서씨 집안의 대가 이어지지 않겠소? 나도 한 잔 먹어야겠소."
할머니는 부어 놓은 잔을 들어 훌쩍 마신 다음, 다시 잔을 채웠다. 목소리에는 점점 울음이 배어들고 있었다.
"영감, 이녁이 유식해서 산도라지라면 나는 무식해서 질경이요. 이녁이야 고상하게 민족이다 뭐다 하면서 쫓아다니다 죽었으니 산도라지 꽃으로 피었다 할 수 있겠소. 그러나 나는 오늘날까지 길가에 나앉아서 소 발굽이 밟으면 밟는 대로, 염소가 뜯어먹으면 먹는 대로 뿌리만 있으면 목숨 부진하고 살아온 질경이 인생이었소."
이때 할머니는 무슨 대꾸를 들은 것 같았다. 고개를 들어 보니 소나무에 바람이 와서 감기고 있었다. 할머니는 또 한 잔을 마시고, 또 한 잔을 따라 놓으며 말했다.

"그래도 이녁도 염치가 있는지 한마디 응답하는구랴. 그렇다면 내 소원을 들어주시오. 나는 이제 이 세상살이에 지쳤소. 나를 거두어 가시고 대신 난나 혼을 돌려주시오. 나도 이제 이녁 곁에 있고 싶다는 말이오."

할머니는 또 무슨 응답이 들린다고 생각했다. 고개를 들어 보니 저만큼 떨어진 바위에 검정 두루마기 자락이 나부끼고 있었다.

할머니는 약간 남아 있는 힘을 마저 써야겠다는 듯이 무덤 앞을 한참 동안 호미로 팠다. 돌이 섞여 있었지만, 축축한 여름 흙은 그다지 힘이 들지 않았다. 할머니는 조상 단지를 반듯이 하여 자신이 판 구덩이에 묻고는 흙을 덮고 천천히 일어났다. 그리고 웃자란 보리를 밟듯이 그렇게 흙을 밟았다.

"영감, 당신이 그렇게 좋아하던 말숙이 내 젊은 날의 그 춤 한번 춰 보것소."

할머니는 허리끈을 풀어 들었다. 하얀 치마가 하얀 달빛을 날렸다. 할머니는 춤사위를 돌면서 한 걸음씩 한 걸음씩 두루마기 자락을 좇아가고 있었다. 달이 하얀 구름 속으로 숨어들었다.

# 뻘 밭에서

옥이는 창 너머의 앙상한 은행나무 가지를 바라보고 있었다. 나뭇잎 하나 없는 가지 끝 언저리에 안개보다도 미세한 뽀오얀 기운이 서려 있었다. 그렇다, 봄기운이다. 옥이는 머지않아 저 나뭇가지마다 잎눈이 톡톡 돋아나리라고 생각하자 두 주먹이 불끈 쥐어졌다.

— 그래, 난나 오빠의 머리에도 새 움이 돋아날 것이다. 이미 말과 글은 깨쳤다고 하지 않는가.

옥이는 후 하고 유리창에 입김을 내뿜은 다음, 핸드백에서 휴지를 꺼내서 유리를 닦았다. 한결 맑아진 유리에 햇살이 들었다. 옥이는 손바닥을 펴서 손바닥 위로 올라온 바알간 햇살을 가만히 쥐어 보았다. 그러나 햇살은 살짝 빠져나와 주먹 위로 올라왔다. 옥이는 다시 손바닥을 폈다.

이때 복도 저편에서 발소리가 들려왔다. 옥이는 벌떡 일어나서 문을 열고 나갔다. 난나가 가방을 들고서 하얀 가운을 입은 의사 뒤를 따라오고 있었다.

의사가 눈에 눈물을 가득 담고 있는 옥이를 가리키며 말했다.

"자네 동생 옥이야. 알아보겠어?"

그러나 난나는 수줍은 미소를 보일 뿐이었다. '오빠' 하고 부르려고 했던 옥이는 난나가 고개를 숙여 버리는 바람에 엉거주춤 의사한테 밀려서 상담실 안으로 들어갔다.

"자, 이리 와서 동생 손 한번 잡아 줘야지. 이 동생이 얼마나 자네를 기다렸는지 모르지?"

의사가 주춤거리는 난나의 손을 끌어서 옥이의 작은 손에다 쥐여 주었다. 그때서야 옥이는 쓰러지듯이 난나의 가슴속으로 자신의 몸을 옮겨 갔다.

"오빠, 할머니가 죽었다. 나는 몰라봐도 돼. 그러나 할머니는 모르면 안 돼. 오빠, 할머니가 어떻게 죽었는 줄 알아?"

몸부림치는 옥이를 의사가 떼어 놓았다.

"자, 자, 이러면 안 돼요. 오빠는 아직 멀었어요. 오빠가 할머니를 아느냐, 모르느냐는 오직 옥이 손에 달려 있어요. 이렇게 강하게 어필하면 더욱 멀어질 뿐이에요. 서서히 과거가 젖어 나오도록 해야 해요. 내가 어제 부탁했었지요?"

옥이는 울음 섞인 목소리로 "네" 하고 대답을 했다. 그것은 자신한테 주는 다짐이기도 했다. 오빠가 자신의 묶인 과거의 주머니의 끈을 풀 수 있도록 작고 작은 것부터 시도해 보리라. 아지랑이 빗금 같은 것이라도, 안개 기포 하나라도 소홀히 하지 않으리라.

옥이는 난나를 앞세우고 기차를 탔다. 그것도 자정께에 서울역을 출발하는 기차였다. 난나가 고향에 내려올 때 자주 이용했던 것을 기억해 냈던 것이다.

난나는 간혹 옥이한테 털어놓았다.

"서울은 알고 보면 뻘 밭 같은 도시야. 겉이야 화려하지만 속은 그 깊이를 알 수 없어. 한번 발이 빠지면 빠져나오더라도 뻘투성이가 되지. 보통 뻘이 아니라 끈적거리는 기름 뻘이야. 나는 뻘 밭 같은 서울을 빠져나오고 싶어. 그 예행연습으로 서울을 떠날 때면 야간열차를 탄단 말이야. 특히 고향에 갈 때면 시간대가 그렇게 맞을 수가 없어. 캄캄한 뻘 밭 같은 어둠의 터널을 뚫고 나가면 남녘 어느 지점에서부터 여명이 들기 시작하거든."

이제는 옥이가 말했다.

"오빠, 이제 우리는 뻘 밭처럼 이 캄캄한 서울을 빠져나가고 있는 거야."

그러나 난나는 묵묵부답이었다. 아니, 명멸하는 네온사인이 신기한 듯 뒤돌아보기도 했다.

"오빠, 아침 고장인 고향으로 가는 것이 신나지?"

"아침 고장?"

"응. 우리 고향을 오빠가 조용한 아침 고장이라고 했잖아."

난나는 또 한 번 수줍게 웃었다. 그러고는 이내 차창에 고개를 기대고는 눈을 감았다. 모든 것이 귀찮다는 표정이었다.

할머니가 돌아가셨기에 망정이지, 만일 살아서 이렇게 옆 자리에 앉아 저렇게 등신 같은 오빠를 보았더라면 얼마나 가슴을 콩콩 찧었을까. 옥이는 난나의 어깨를 흔들었다.

"오빠."

"누구? 나 말이니?"

"응, 오빠, 지금 우리가 가는 곳이 어딘지 알아?"

"조용한 아침 고장이라며?"

"그건 오빠가 한 말이고, 동네 이름을 아느냐 말이야."

"오빠라니? 어떤 오빠가 그런 말을 했는데?"

뒤편에서 아기가 갑자기 소리 내어 울었.

그러나 이내 아기는 엄마의 젖을 찾아 물었는지 조용해졌다.

"오빠, 갯밭 생각나?"

"갯밭?"

"응, 우리가 태어나서 자란 갯밭 말이야."

난나는 아예 관심이 없다는 듯이 멍한 표정을 짓고서 뻘 밭이 지나가고 있는 듯한 차창의 어둠을 내다보고 있다가는 눈을 감았다.

옥이도 눈을 감았다. 그러나 눈을 감은 옥이의 눈앞으로 더 분명한 얼굴들이 지나갔다. 할아버지의 묘 앞에서 죽은 할머니, 언제 보아도 반가워 못 견디겠다는 표정의 동묵이 아저씨, 동백꽃처럼 입술이 빨갛던 영희 언니.

옥이는 눈을 떴다. 난나는 고개를 떨어뜨린 채로 잠이 들어 있었다. 아아, 옥이도 잠들고 싶었다. 저렇듯 아무런 생각 없이 잠들 수 있다면…….

그러나 옥이한테는 좀체 잠이 찾아오지 않았다. 먼 데서 떠드는 남자들의 술주정 소리도 들리고, 앞자리에서 킬킬거리는 남녀의 웃음소리도 들려왔다.

뒤척이는 동안 어느덧 잠이 든 것 같았다. 눈을 뜨니 차창에 고등어 등 빛깔 같은 검푸른 빛이 어리고 있었다. 옥이는 난나 무릎을 툭툭 쳤다.

난나는 무서운 꿈이라도 꾸고 있었는지 흠칫 놀라며 눈을 떴다. 그리고 옥이가 유리창 너머에 터오고 있는 먼동을 가리키자 알겠다는 듯이 고개를 끄덕였다. 이제까지 알겠다는 반응을 보인 것은 이번이 처음이었다.

"오빠, 먼동이 터오고 있어."

"알아."

"언제 보았지?"

"재활원에서."

옥이의 가슴은 맞구멍이 난 공처럼 탄력을 잃었다.

"그리고 또 다른 데서 본 기억은 없어? 바닷가에서나 시골 기와집에서 본 기억 말이야."

"없어."

"다시 생각해 봐, 오빠. 대청이 있는 기와집에서 본 기억이 있을 거야. 감꽃을 주우러 새벽에 일어났잖아."

"감꽃?"

"그래. 오빠, 감꽃이야. 우리 고향 말로는 감또개라 했었지. 감또개를 주워서 실에 꿰어 목걸이도 하고 팔걸이도 했잖아."

"감꽃 목걸이? 그런 것도 있어?"

옥이는 그냥 고개만 끄덕일 수밖에 없었다.

한동안 침묵이 계속되었다. 한 가지 다행스러운 것이 있다면 난나가 사라지는 어둠 속에서 드러나는 차창 풍경에서 눈을 떼지 않는 것이었다. 조용히 다가오는 산 능선과 냇물과 들녘과…… 거기에 시선을 던져 놓은 채로 난나는 꼼짝하지 않았다.

"오빠, 저기 저 산비탈에 있는 집에서 올라오고 있는 하얀 것이 무엇인지 알아?"

고개를 끄덕이는 난나한테 옥이는 설명했다.

"저 집은 아마 이른 새벽밥을 짓는 것 같아. 누구 새벽길을 떠날 가족이 있는가 봐. 오빠, 청솔 타는 연기 생각나?"

"아니."

"청솔 타는 연긴 참 별나다."

"청솔? 어떻게?"

"맵지만 향기로워."

"맵지만 향기롭다구?"

"응."

"그건 말이 되지 않는데."

"왜, 말이 안 되지, 오빠?"

"매운 것은 매운 것이고, 향기로운 것은 향기로운 것이야."

"아니야. 맵고도 향기로운 것이 있어. 가만히 생각해 봐. 솔향기 냄새를 맡을 수 있을 테니까."

난나는 고개를 갸우뚱하고서 한참 동안 옥이의 옆얼굴을 물끄러미 바라보았다. 옥이는 그 시선이 싫어서 차창 밖으로 고개를 돌렸다.
 차창 밖의 풍경은 이제 완전히 자기 모습을 드러냈다. 들녘에 마을이 나타났다. 길이 산등성이를 넘어가고 있었고, 그 길 위에서 경운기가 한 대 길을 따라가고 있었다.
 옥이는 푸른 대숲으로 둘러싸인 기와집을 가리켰다.
 "오빠, 갯밭의 우리 집이 저렇다."
 "갯밭의 우리 집?"
 "응, 지금은 헐려 버리고 대숲밖에 남아 있지 않지만, 얼마나 멋진 집이었는지 몰라."
 "멋진 집?"
 "그럼 오빠, 얼마나 근사했다구. 오빠, 대숲에 싸락눈 내리는 소리 생각나?"
 "네 말이 어려워."
 "이런 건 어려운 것이 아니야, 오빠. 내 귀에는 지금도 들리는걸. 댓잎을 타고 내리는 싸락눈 소리가 말이야."
 "자꾸 그런 어려운 말 하면 나 재활원으로 돌아가 버릴 거야."
 "오빠, 오빠, 알았어. 안 그럴게."
 옥이는 이때부터 안개 자욱한 여수역에 내릴 때까지 계속 입을 다물었다. 다만 곡성역인가를 지날 때 "아" 하고 짧은 탄성을 지른 적이 있다. 그것은 기찻길가의 토담 너머로 벙글기 시작하는 매화꽃을 보았기 때문이었다.
 둘은 여수역 역 앞 식당에서 시래깃국을 사먹었다. 그러고는 버스 정류장에서 안개와 함께 기다리고 섰다가 갯벌 가는 시외 버스를 탔다. 한가한 시간대여서인지 버스에는 몇 사람밖에 타고 있지 않았다. 짙은 안개 속으로 가는 것이 불안했는지 난나가 처음으로 옥이한테 말을 건넸다.

"지금 어디로 가는 거니?"

"안개 속이지만, 우리 고향 갯벌로 가는 거야, 오빠."

"안개? 우리 고향 갯벌? 그곳은 안개 속을 거쳐야 갈 수 있어?"

"안개 속을 안 거칠 때도 있어. 그런데 오늘은 별나게도 안개가 심하네."

운전기사조차도 "원, 빌어먹을 놈의 안개" 하고 투덜거렸다. 통로 건너 옆자리에 앉은 아낙네가 작은 신발을 꺼내 들고 이리저리 살펴보고 있었다. 아낙네가 자신을 쳐다보고 있는 옥이에게 말을 건넸다.

"이쁘지요?"

"네, 이뻐요. 딸아이 신발인 모양이지요?"

"몇 살일 것 같아요?"

"여덟 살이나 아홉 살?"

"아녀요. 일곱 살이지요."

아낙네는 한두 살 올려 봐준 것이 흡족한 것 같았다.

"애가 어찌나 큰지 두어 살 더 쳐주어요."

옥이는 난나를 보았다. 난나의 눈도 아낙네의 손에 들려 있는 신발에 머물러 있었다.

"오빠, 저 신발이 일곱 살짜리 것이래."

"……."

"오빠도 저런 신발을 신었을 때가 있었을 거 아냐? 오빠는 궁금하지 않아?"

햇살이 들면서 시야가 좀 더 뚜렷해졌다.

난나는 고개를 숙여 자기 신발을 내려다보고 있었다. 아낙네가 들고 있는 꼬마 신발에 비하면 너무나 큰 운동화다. 난나는 혼자 중얼거렸다.

"그래, 나도 저런 작은 신발을 신었을 때가 있었을 거야."

옥이는 이때를 놓치지 않았다.

"오빠, 그 시절이 궁금하지?"

난나가 고개를 끄덕였다.

"바로 이 마을에서 그 시절을 보냈어, 오빠."

"그럼 내 작은 발자국이 이 마을에 덮여 있겠네."

"고샅이며, 산이며, 들이며, 바닷가며 오빠의 발자국이 없는 곳이 없을 거야. 오빠는 우리 동네에서 제일가는 개구쟁이였거든."

"……."

난나는 다시 한 번 수줍은 미소를 띠었다. 버스가 종점인 갯밭 정류장에 도착했다. 난나와 옥이는 맨 마지막에 버스에서 내렸다. 빈 터에서 굴을 까고 있던 노인 하나가 옥이를 알아보고 말했다.

"이게 누구야? 성산댁 손녀 아냐?"

"네, 할머니, 안녕하세요?"

"너그 불쌍한 할미 성묘 왔나?"

"네, 할머니, 설에 못 와서요."

노인이 난나를 올려다보고 말을 붙이려 하자 옥이가 서둘러서 난나를 잡아끌었다.

"어서 가."

옥이는 난나를 데리고 갯벌에 남아 있는 유일한 친척인 당숙네를 들렀다. 그러나 당숙모가 죽고 아들딸들은 모두 출가하고 당숙마저 출타한 집은 적막했다.

마루 밑의 개조차도 인사치레로 두어 번 짖다가는 옥이와 난나를 향해 꼬리를 살랑거렸다. 마당에서 모이를 찾던 참새들이 대추나무 가지 위로 날아가서 앉았다.

옥이는 주인 없는 집의 부엌에 들어가서 물을 떠왔다. 그리고 난나가 먹고 남은 물을 마저 마셨다. 물끄러미 바라보고 있는 난나한테 옥이가 말했다.

"오빠. 우리 할머니 산소에 가자."

"할머니 산소?"

"응, 할머니 산소."

"할머니가 있었어?"

"있었지. 어머니 아버지도 없는 우리를 할머니가 키워 주셨는걸."

난나는 무덤덤한 표정으로 옥이를 따라왔다.

간혹 발부리에 걸리는 돌멩이를 톡톡 찼다.

부엉이골에는 바람이 스산하게 불고 있었다. 억새 수풀이 더욱 쓸쓸한 풍경을 만들고 있었다.

"오빠, 저기 붉은 흙이 드러나 있는 새 무덤 보이지? 그게 우리 할머니 무덤이야. 그리고 그 옆에 있는 헌 무덤은 할아버지 무덤이야."
"왜 새 무덤이지?"
"돌아가신 지 얼마 되지 않았거든."
옥이는 할머니 무덤을 한 바퀴 돈 뒤에 말했다.
"오빠, 우리 절하자."
"절을 꼭 해야 하는 거야?"
"그럼, 우리를 키우느라고 얼마나 고생을 많이 하셨는데……. 할머니는 오빠가 이런 일만 당하지 않았어도 좀 더 사셨을 거야. 그리고 할아버지 무덤에도 절을 해야겠지, 오빠?"

옥이는 걸음이 떨어지지 않았다. 그러나 난나는 뒤돌아보지도 않았다. 을씨년스러운 골짜기를 어서 벗어나고 싶은 듯 걸음을 도리어 서두르고 있었다.

옥이는 예전에 살던 집터 가는 길로 들어섰다. 마을 정자 터의 아름드리 느티나무는 아직도 정정했다.
"오빠, 여기 있던 정자 기억 안 나?"
난나는 고개를 젖히고 느티나무만 바라볼 뿐이었다.
"여름날이면 여기에 엿장수가 와서 쉬다 갔어. 쨍강쨍강 가위 소리를 내면서 말이야. 그러면 우리들은 마루 밑을 뒤져서 헌 고무신을 가지고 와서 엿하고 바꿔 먹었는데, 오빠는 무엇을 가지고 왔는지 기억해?"
"……."
"할아버지가 쓰시던 놋숟가락을 분질러 가지고 와서 엿하고 바꿔 먹었다가 할머니한테 얻어맞은 적도 있었어."

난나는 뒷머리를 만졌다.

옥이는 예전 집터의 대숲이 보이는 돌담 모퉁이에서 다시 입을 열었다.

"오빠, 이 돌담 귀퉁이에서 우리가 무슨 놀이를 하고 놀았는 줄 알아?"

"……."

"소꿉장난을 하고 놀았어. 헌 가마니를 펴서 안방으로 삼고, 깨진 사발 밑 부분을 밥상으로 삼고. 아, 지금도 꼬막 껍데기가 많이 있네."

옥이는 비에 씻겨서 새하얘진 꼬막 껍데기를 주워 들었다. 난나가 물었다.

"그것은 무엇으로 썼지?"

"그릇으로 썼어, 오빠."

난나는 또다시 수줍은 미소를 지었다. 그러고는 다시 무표정한 얼굴로 돌아갔다. 집터의 주춧돌 앞에서도, 감나무 아래에서도, 대추나무 아래에서도 좀체 느낌이 있는 표정은 생기지 않았다. 해 질 무렵에는 바닷가로 나가서 뻘 밭 위로 뻗어 있는 황혼을 보여 주었으나 무덤덤해하기는 마찬가지였다.

갯밭에 온 지 사흘째 되는 날이었다.

아침 잠자리에서 눈을 뜬 옥이는 윗목의 난나 잠자리가 비어 있는 것을 보았다. 이불과 요와 베개까지도 단정히 수습되어 있었다.

방문을 열자 봄눈이 살짝 내려 있었다. 당숙은 대비로 마당을 쓸고 있었다. 옥이는 마루로 나서며 인사를 했다.

"당숙, 봄눈이 왔네요."

"오나 안 오나 농사에는 상관없는 눈이야. 낮에는 뒷골 밭에 보리나 밟아 주고 와야겠다."

"아직도 보리농사를 짓고 계셔요, 당숙?"

"그럼, 기름진 밭을 놀릴 수는 없지."

"당숙, 오빠 어디 갔는지 보셨어요?"

"나간 지 한참 되었다. 어디 가느냐니까 아무 말도 없이 씩 웃고 가더구나."

옥이는 서둘러서 신을 신었다. 아직 기억을 찾지 못하고 있는 난나가 무슨 일을 저지를지 모를 일이었다. 버스를 타고 어디로 가버릴지도, 그리고 엉뚱한 곳에서 길을 잃고 헤매고 있을지도 몰랐다.

옥이는 버스 정류장부터 먼저 찾아갔다.

다행히 출발을 준비하는, 시동이 걸려 있는 첫차에는 타고 있지 않았다. 옥이는 다음에는 여름에 해수욕장으로 쓰이는 바닷가 모래밭에 가보았다.

만일 난나가 여기 왔으면 예전 갯밭국민학교 운동회 시절의 함성이 되살아났을지도 모를 일이었다. 그러나 난나는 보이지 않았을 뿐만 아니라 왔다 간 흔적도 없었다.

솔밭 언덕길이 끝나는 곳에서는 작은 길이 두 갈래로 나누어졌다. 하나는 뒷배미 논 사이로 빠져서 마을로 들어가는 길이었고, 하나는 서산자락으로 올라가서 부엉이골로 가는 길이었다.

옥이는 왼쪽의 부엉이골 가는 길로 접어들었다. 난나가 마을보다는 한적한 이 길로 들어섰을 것이라는 막연한 짐작에서였다.

산자락에서는 꿩이 후드득 날아올랐다. 부엉이골로 접어들면서부터는 길에 돌이 많아지기 시작했다. 옥이는 돌부리에 발이 채어 넘어질 뻔한 곳에서 단추 하나를 주웠다. 그것은 난나의 잠바에서 며칠째 대롱거리고 있던 것이었다.

걸음을 빨리 떼어 놓던 옥이는 부엉이골이 한참 들어간 곳에서 발을 멈추었다. 할머니의 묘 옆에 쪼그리고 앉아 있는 난나가 눈에 들어왔던 것이다.

옥이가 다가가고 있는 것을 아는지 모르는지, 난나는 무릎을 세우고 그 위에 올려놓은 팔 위에 머리를 놓고서 앉아 있었다.

옥이는 그때 난나가 두 손을 모아서 귀에 대고 있는 것을 보았다. 아아, 어린 날의 소라 껍데기에 바다로부터 우우우 하고 몰려와서 걸리던 파도 소리. 그 파도 소리 속에서 난나는 소년 시절을 기억하고 있을까.

옥이는 근처 바위 위에 앉았다. 그리고 바람과 햇살과 간혹 지나가는 구름 그림자 속에서 마냥 난나만 지켜보고 앉아 있었다.

갈가마귀 떼가 한 떼 지나갔다. 꿩 울음소리가 건너편 잔솔밭에서 두세 번 들려왔다. 소리개가 공중 높이서 한참을 맴돌다가 돌아갔다.

투망처럼 드리워지는 구름 그림자 속에서 난나가 일어서는 것을 옥이는 보고 있었다.

난나는 두 팔을 벌렸다. 그러고는 할머니의 무덤을 온통 끌어안으며 엎어졌다. 난나의 어깨가 들먹이기 시작했다.

옥이도 치마에 얼굴을 묻었다. 울어서는 안 된다고 생각하는데도 자꾸만 울음이 새어나왔다. 아아, 저 할머니 무덤 위에 엎드려서 우는 오빠의 눈물.

옥이는 치마로 얼굴을 씻고 난나한테로 다가섰다. 그리고 그칠 줄 모르고 들먹이는 난나의 어깨에 손을 얹고 불렀다.

"오빠."

"……."

"할머니 생각나?"

난나의 어깨가 조용히 가라앉았다.

"옥이야."

난나가 흙 묻은 얼굴을 들고서 말했다.

"나 이제 흙냄새를 기억할 수 있겠어. 그리고 할머니, 우리 할머니도 기억할 수 있겠어."

# 또 하나의 초승달과 밤배

나한테서 떠나갔던 나의 혼이 돌아오는 것을 기별해 준 것은 흙냄새였다. 그리고 할머니에 대한 기억이었다. 그러나 흙냄새와 할머니의 기억은 내게 막연한 슬픔을 주었다.

막연한 슬픔? 그렇다. 막연한 슬픔이라고밖에 말할 수 없다. 백치인 나한테, 그러니까 과거를 기억하지 못하는 나한테 어떤 구체적인 것이 희, 노, 애, 락으로 나타날 수 있을까. 그저 막연하다고밖에 표현할 수가 없는 그런 슬픔이 내 가슴에 일었다.

그렇다. 슬픔은 나한테 나를 돌아보게 하는 모퉁이마다에서 꼭꼭 얼굴을 내밀었다. 잃어버린 자리, 그러나 생각해 보면 본래부터 주어졌던 것도 아니기 때문에 제자리로 다시 돌아왔다고 할 수도 없는데, 웬 슬픔일까.

이번 내 경우에서는 혼이 돌아오기 위해서 막연한 슬픔의 기운이 먼저 안개처럼 번졌다. 그리고 흙냄새가 흘러들어 왔고 흙의 어머니인 할머니의 기억이 되돌아왔다.

나는 비로소 흙냄새에서 어슴푸레하게 나타나는 밑그림 같은 선을 보았다. 그 선은 물이랑처럼 흐르면서 그리운 모습들을 하나하나 만들어 냈다. 할머니, 그리고 옥이, 삼촌, 동묵이 아저씨, 불이, 영희, 그리고 대학생 아저씨, 꿀벌 할아버지, 그리고 다미. 이 가운데 벌써 지구별을 떠난 사람들도 있다. 대학생 아저씨와 할머니와 꿀벌 할아버지가 이미 떠나고 없는 것이다. 아니, 소식을 모르는 삼촌도, 동묵이 아저씨도 떠났을지도 모른다.

나는 이번 기회에 천금을 주고도 살 수 없는 체험을 했다. 죽음에서 삶을 배운 것이다.

허구한 날, 나는 아침마다 하수도 같은 마음으로 일어났다. 명예에 대한 욕망으로 책을 챙겼고, 여인에 대한 욕정으로 거울 앞에 섰다. 신발을 신으면서도 돈을 걱정했고, 길을 걸으면서도 허상에 눈을 주었다. 광고에, 여자에, 색깔에, 건물에.

틈만 생기면 잡초가 나의 혼 속에 비집고 들어섰다. 유행가 가락에 정신이 휘감겼고, 이 망상 저 망상에 어디 한 곳 성한 데가 없는 나의 혼이었다. 나의 혼은 어떤 구실만 생기면 나한테서 떠나려고 잔뜩 벼르고 있었을 것이다.

혼이 벼르면 벼를수록 나의 몸 또한 피곤했다. 나는 피곤함을 못 이겨 서울 생활을 청산하고 새 길을 찾고 싶었다. 가짜 대학생 놀음까지 해야 했던 서울을 나는 탈출하려고 했다.

다미, 그렇다, 다미는 내게 살아 있는 구체적인 욕망의 대상이었고,

유일한 나의 미래였다. 그 다미와도 관계를 끊고 아버지의 사망 신고를 하기 위해서, 아니 나를 찾기 위해서 갯밭으로 내려갈 결심을 했다.

나는 여수행 야간열차를 타기 위해서 서울역으로 가던 중 무심히 도로를 횡단하려고 했다. 그때였다. 옆 골목에서 따따따따따 하는 오토바이 폭발음이 들렸다. 나는 반사적으로 전신주 곁으로 몸을 비켰다. 오토바이가 따따따따따 하는 소리와 함께 나를 스치듯이 지나가는 것 같았다. 당황한 나는 가로등이 있는 건너편 인도로 가려고 도로를 가로질러서 뛰었다. 그러나 지금 생각해 보면 두 번이나 들린 따따따따따 하는 오토바이의 폭발음은 청년기획을 찾아갈 때부터 나를 괴롭히기 시작한 그 환청인지도 모른다. 아무튼 도로 중간에서 자동차의 헤드라이트 불빛이 나를 순식간에 덮쳤던 것은 지금도 확실히 기억할 수 있다.

"아" 하는 비명 소리가 끝나기도 전에 세상은 완전히 캄캄해지면서 나와 단절되었다. 몇 초 되지 않는 이 순간에 그동안의 세상 인연들 중 몇 개인가가 지나간다. 눈 내리는 바다 풍경이 다가들어 스몄다. 하얀 치마저고리를 입은 할머니가 다가들어 스몄다. 다미의 활짝 웃는 얼굴이 다가들어 스몄다. 그러고는 수많은 얼굴들이, 소리들이, 냄새가 엉클어진 실 꾸러미처럼 다가와서는 점점으로 나누어졌다.

이것이 내 혼이 나한테서 떠나기 직전의 기억이다. 생이 무상하다는 것은 바로 이런 이유에서일 것이다. 이 세상을 떠나는 순간에는 이렇듯 스며드는 풍경 몇 개와 얼굴 몇 개만으로 조용히 막을 내리는 것일까.

그런데 다행히도 이제 바깥으로 나가서 떠돌던 나의 혼이 마침내 내

몸 속으로 다시 찾아온 것이다. 안개 같은 막연한 슬픔을 앞세우고 흙
냄새 속에서 다시 찾아온 것이다.

나는 비로소 사람인 나에 대해서 생각하게 되었다. 나는 누구인가?
나는 '나'여야 한다고 하여 이름도 '나는 나'를 줄인 '난나'였다. 그러나
소년 시절을 지나면서 나는 사람으로부터, 그리고 나로부터 점점 분리
되기 시작했다.

국민학교 시절만 해도 나는 사람다운 사람인 동묵이 아저씨를 닮으
려고 했고 대학생 아저씨를 따랐다. 동묵이 아저씨는 나한테 선장이 되
려면 공부보다도 뱃노래를 잘 불러야 한다고 말했다. 소년 시절의 나는
그의 말을 무조건 따랐다. 그러나 소위 철이라는 것이 들기 시작하면서
는 동묵이 아저씨의 말이 너무나 순진한 소리라고 생각하게 되었다. 곧
공부라는 것을 잘해야 선장이 되는 것이지 뱃노래는 하등 필요 없는 것
이라는 것을 알았던 것이다. 그러나 이제 다시 생각해 보면 뱃노래야말
로 인간 선장에게 필수적인 것을 알겠다. 인간 선장으로서는 지식보다
도 가락이 더 중요하다. 그것은 인성에 관한 것이기 때문이다.

나는 옥이가 공장 생활을 하며 부쳐 주는 돈과 할머니가 생선 좌판
을 해서 마련한 돈으로 공부하는 것이 싫기도 하여 고등학교 3학년 때
가출하여 떠돌이 생활을 했다. 식당의 웨이터 노릇도 했고 목욕탕의
때밀이도 했고 강도 놀이에 보조 노릇도 했다. 나의 꿈이었던 고래잡
이배는 아니었지만, 오징어 채낚기 배 선원 생활도 했고 장기간의 여
인숙 기거도 했다. 그리고 가짜 대학생이 되어 여론 조사라는 먹물을
묻히는 아르바이트라는 것도 했다. 그러나 나는 그런 생활들 자체를

결코 후회하지는 않는다. 대학 문턱에도 못 간 내게는 그것들은 그 나름대로 나의 생의 훌륭한 대학 시절이 될 수 있었다. 나는 나의 대학들에서 온갖 인간 군상들을 만났다.

우리의 혼을 만족시키는 것은 지식이 아니라 사물의 내용을 깊이 깨닫는 것인데, 우리는 비슷한 일을 반복하면서 숙련에만 매달려 있다. 그렇기 때문에 사람들은 문을 열어 나누려는 것이 아니라 문을 걸어 닫고 숙련공이 되기 위해서 자기 것을 쌓기에 급급한 창고지기들이 되었다.

나는 지금 귀로에 서 있는 탕자인 나를 본다. 허욕에 시달리다가 생사의 갈림길에 있었지만, 신은 나를 거두어 가지 않고 혼과 육체를 분리시켜 한동안 휴식을 주었다. 그리고 이제 혼과 육체가 합일하여 한 인간으로 다시 태어났다.

그동안 허구한 날 나는 혼이 바라는 삶보다도 몸이 바라는 삶을 향해서 쫓아다녔다. 내 몸의 안락을 위한 탐구에 몰두했고, 안락한 의자를 얻어 볼까 하고 심지어 강도 놀이까지 거들었다. 나는 그동안 육신의 밥보다도 혼의 죄를 너무나 많이 포식했던 것이다.

일찍이 나는 내가 내 몸의 청지기인 것을 깨닫지 못했다. 청지기는 마땅히 주인의 뜻을 헤아려 관리해야 하는 것인데, 내가 마치 주인인 양 함부로 하니 신은 내 몸에서 한동안 나를 쫓아내 버렸다.

나는 이제 내가 내 몸의 청지기인 것을 깨닫고 청지기로서의 삶을 겸허하게 다시 시작하려고 한다. 부디 탕자의 내 눈물을 헤아려 주시기를 신에게 기원한다.

신부는 노트를 덮고 담배를 꺼내서 입에 물었다. 성냥불을 당기려다 말고 담배를 입술에서 떼냈다.

"간단히 말하자면 당신이 수도자의 길을 걷기에는 문제가 있다고 나는 생각합니다."

"어떤 문제입니까, 신부님?"

"역설적으로 들리시겠지만 너무도 평범하지 않은 삶 때문에 그렇습니다."

"평범하지 않은 삶? 그것도 문제가 됩니까?"

"그렇지요. 많은 체험은 산지식이 틀림없지만, 그러나 사람을 단순하게 하지 않습니다. 그것이 수도자로서의 삶에 때로는 장애를 일으키기도 하지요."

난나는 무릎 위에 올려져 있는 손을 힘을 주어 쥐었다.

"저는 경험이야말로……."

신부는 손을 들어 난나의 말을 막았다.

"이 세상의 경험은 양면성이 있습니다. 그러나 그것을 말하는 사람들은 전면만을 말하고 후면은 숨기지요."

"신부님, 그 말씀은 지금 저한테도 해당됩니까?"

신부는 다시 담배를 입에 물고 성냥불을 그어서 불을 붙였다. 담배 연기의 움직임을 눈으로 좇던 신부가 다시 입을 열었다.

"이건 제 경험입니다만, 수도회에 들어오겠다고 조바심을 하던 사람들일수록 중도에서 그만두고 마는 경우를 종종 보아 왔거든요. 오히려 망설이던 사람들을 권유해 들어오게 했을 때가 더 믿음직스러워요."

난나가 주먹 쥔 손에서 힘을 빼며 대꾸했다.

"그렇다면 신부님, 저한테 수도회 입회를 권면해 주십시오."

둘은 마주 보고 웃었다. 신부는 재떨이에 담뱃불을 비벼 끄면서 말했다.

"수도의 길이 꼭 수도회에만 있다고 생각한다면 오해예요. 진흙탕에서 아름다운 연꽃이 피듯이 가정생활을 하면서도 수도적인 삶을 살 수 있을 것입니다."

"신부님, 솔직히 말씀해 주십시오. 저의 어떤 점이 거슬려서 그렇게 반대하십니까? 처음에도 말씀드렸습니다만 저는 이번에 얻은 여분의 생을 신에게……. 저는 수도자의 길을 인고할 자신이 있습니다."

"……."

"말씀해 주십시오. 무엇이 걱정이 됩니까?"

"그렇다면 말씀드리지요. 저는 난나 씨의 따뜻한 마음이 걱정입니다. 수도자란 얼음처럼 찬 의지를 가져야 합니다."

두 손바닥으로 얼굴을 싸안고서 듣고 있던 난나가 말없이 신부를 응시했다. 신부는 비로소 난나 앞으로 손을 내밀었다. 난나는 두툼한 신부의 손을 잡고 무릎을 꿇었다.

"오빠."

"왜?"

"책은 어떻게 할까? 골라 가지고 갈 거야?"

"버리고 갈 거야."

"전부?"

"응, 전부."

"그럼 오빠, 앨범은 어때? 이것도 버릴 거야?"

"버려, 할머니 사진만 빼두고서."

"나하고 찍은 것도 있는데?"

"그건 네가 보관해."

"오빠."

"응."

"이건 어떻게 할 거야?"

"무언데?"

"철필로 긁은 등사지 묶음."

"그건 넣어."

"오빠, 이 돌멩이는?"

"버려. 아니, 이리 줘."

난나는 옥이가 건네준 작은 돌멩이를 손바닥 위에 올려 두고 가만히 살펴보았다. 그저 길가 어디에서나 볼 수 있는 그런 돌멩이이다.

그런데 왜 보관되어 있는 것일까.

그것은 갯밭 부엉이골의 돌멩이이다. 저녁놀과 바람으로 버무려진 돌멩이. 할아버지의 할아버지 적 일까지도 알고 있다는 돌멩이. 처음 마을을 연 아침 사람들의 가슴 고동 소리가 잠겨 있고, 그리고 그 마을의 전설이 서려 있는 돌멩이. 이 작은 마을에서도 인간의 삶과 피의 싸움이 있었지만, 그것은 역사가 되지 못하고 돌멩이만이 기억하는 전설이 되었을 뿐이다.
　난나는 돌멩이를 종이에 싸서 가방 속 귀퉁이에 넣었다.
　옥이가 세면도구를 챙기면서 물었다.
　"오빠, 정말 가는 거야?"
　"왜? 그냥 주저앉을 것처럼 보이니?"
　옥이는 고개를 설레설레 저었다. 그러나 옥이의 눈에 눈물이 어리고 있는 것을 난나는 보았다.
　난나는 가방을 들고 일어났다.
　밖은 어느새 깜깜해져 있었다.
　옥이가 혼잣말처럼 중얼거렸다. "오늘이 29일……." 그리고 댓돌 아래에서 발을 멈추고 말했다. "오빠, 내일이 오빠 생일인 거 알지?"
　"그래, 수도원에서의 첫날이니 그만큼 안성맞춤인 생일도 없을 거야."
　대문을 열며 옥이가 가방을 난나한테로 넘겨주었다.
　"오빠, 이 여수 집도 기억해 줘……. 나 역에는 안 나갈래."
　"그래, 그게 좋겠다. 잘 있거라."
　난나는 옥이의 손을 힘껏 잡았다가 놓았다.
　"오빠 잘 가."
　난나는 할머니가 이 시간쯤이면 생선 함지를 이고 올라오던 골목길을 천천히 걸어 내려갔다.
　어느새 초승달이 서쪽 하늘에 하얗게 걸려 있었고 바다에는 노오란 불을 밝힌 밤배가 가고 있었다.

(끝)

| 작가 연보 |

| | |
|---|---|
| 1946 | 전남 순천에서 출생 |
| 1971 | 동국대학교 국어국문학과 입학 |
| 1973 | 동화 〈꽃다발〉로 동아일보 신춘문예 동화부문 당선 |
| 1975 | 동국대학교 국어국문학과 졸업 |
| 1978 | 월간 《샘터》 편집부 기자 |
| 1982 | 샘터사 기획실장 |
| 1983 | 대한민국문학상(아동문학부문) 수상 ―《물에서 나온 새》 |
| 1984 | 한국잡지 언론상(편집부문) 수상 ― 월간 《샘터》 |
| 1985~1986 | 샘터사 출판부장 |
| 1986 | 새싹문학상 수상(제14회) ―《오세암》 |
| 1986~1995 | 샘터사 편집부장 |
| 1988 | 초등학교 교과서 집필위원 |
| 1988~2001 | 동화사숙 문학아카데미에서 후학 양성 |
| 1989 | 불교아동문학상 수상 ―《꽃그늘 환한 물》 |
| 1991 | 동국문학상 수상 ―《생각하는 동화》 |
| 1990~1997 | 평화방송 시청자위원 |
| 1991~1997 | 동아일보 신춘문예 심사위원 |
| 1990 | 세종아동문학상 수상 ―《바람과 풀꽃》 |
| 1992~1997 | 공연윤리위원회 심의위원 |
| 1995~2001 | 계간지 문학아카데미 편집위원 |
| 1995~2000 | 조선일보 신춘문예 심사위원 |
| 1995~1996 | 샘터사 기획실장(이사대우) |
| 1996~2000 | 샘터사 주간 |

| 1998~2001 | 동국대학교 문예창작학과 겸임교수 |
| 2000 | 소천아동문학상 수상(제33회) —《푸른 수평선은 왜 멀어지는가》 |
| 2000~2001 | 샘터사 편집이사 |
| 2001. 1. 9. | 별세 |
| 2001 | 《물에서 나온 새》 독일어판 출판 |
| 2002 | 《오세암》 애니메이션 상영(마고21) |
| 2004 | 애니메이션《오세암》 프랑스 안시 국제애니메이션 페스티벌 대상 수상 |
| 2005 | 성장 소설《초승달과 밤배》 영화 상영 |
| 2005 | 정채봉전집 출간 시작 |

| 작품 연보 |

| 1983 | 물에서 나온 새 (샘터, 대한민국문학상) |
| 1986 | 오세암 (창작과비평사, 새싹문학상) |
| 1987 | 초승달과 밤배 (전 2권, 까치) |
| 1987 | 멀리 가는 향기 (샘터) |
| 1988 | 내 가슴속 램프 (샘터) |
| 1990 | 향기 자욱 (샘터) |
| 1991 | 나 (샘터) |
| 1992 | 이 순간 (샘터) |
| 1995 | 나는 너다 (샘터) |
| 1994 | 참 맑고 좋은 생각 (샘터) |
| 1989 | 꽃그늘 환한 물 (문학아카데미, 불교아동문학상) |
| 1990 | 바람과 풀꽃 (대원사, 세종아동문학상) |

| | | |
|---|---|---|
| 1993 | 돌 구름 솔 바람 (샘터) | |
| 1997 | 눈동자 속으로 흐르는 강물 (문학아카데미) | |
| 1988 | 숨 쉬는 돌 (제삼기획) | |
| 1996 | 간장 종지 (샘터) | |
| 1993 | 바람의 기별 (생활성서사) | |
| 1989 | 모래알 한가운데 (두산동아) | |
| 1989 | 느낌표를 찾아서 (두산동아) | |
| 1992 | 내 마음의 고삐 (두산동아) | |
| 1993 | 가시 넝쿨에 돋은 별 (두산동아) | |
| 1990/2001 | 그대 뒷모습 (제삼기획, 샘터) | |
| 1994/2001 | 스무 살 어머니 (제삼기획, 샘터) | |
| 1996 | 좋은 예감 (샘터) | |
| 1998 | 처음의 마음으로 돌아가라 (샘터) | |
| 1999 | 눈을 감고 보는 길 (샘터) | |
| 1996 | 단 하나뿐인 당신에게 (청년사) | |
| 1997 | 사랑을 묻는 당신에게 (청년사) | |
| 1997 | 침대를 버린 달팽이 (미세기) | |
| 1999 | 호랑이와 메아리 (대교출판) | |
| 1998 | 콩 형제 이야기 (대교출판) | |
| 1999 | 코는 왜 얼굴 가운데 있을까 (대교출판) | |
| 2000 | 푸른 수평선은 왜 멀어지는가 (햇빛, 소천아동문학상) | |
| 2000 | 너를 생각하는 것이 나의 일생이었지 (현대문학북스) | |
| 2001 | 하늘 새 이야기 (현대문학북스) | |

# 초승달과 밤배 2

**1판 1쇄 발행** 2006년 5월 20일
**2판 6쇄 발행** 2020년 3월 10일

**지은이** 정채봉
**펴낸이** 김성구

**단행본부** 류현수 고혁 홍희정 현미나
**디자인** 이영민
**제 작** 신태섭
**마케팅** 최윤호 나길훈 김민지
**관 리** 노신영

**펴낸곳** (주)샘터사
**등 록** 2001년 10월 15일 제1-2923호
**주 소** 서울시 종로구 창경궁로35길 26 2층 (03076)
**전 화** 02-763-8965(단행본부) 02-763-8966(마케팅부)
**팩 스** 02-3672-1873  **이메일** book@isamtoh.com  **홈페이지** www.isamtoh.com

ⓒ 김순희, 2006, Printed in Korea.

이 책은 저작권법에 따라 보호를 받는 저작물이므로 무단 전재와 복제를 금지하며,
이 책의 내용의 전부 또는 일부를 이용하려면 반드시 저작권자와 ㈜샘터사의 서면 동의를 받아야 합니다.

ISBN 978-89-464-1549-2 04810
ISBN 978-89-464-1547-8 (세트)

이 도서의 국립중앙도서관 출판시도서목록(CIP)은 서지정보유통지원시스템 홈페이지(http://seoji.nl.go.kr)와
국가자료공동목록시스템(http://www.nl.go.kr/kolisnet)에서 이용하실 수 있습니다.
(CIP제어번호:CIP2006000945)

값은 뒤표지에 있습니다.
잘못 만들어진 책은 구입처에서 교환해 드립니다.